Titre original : *Rescuing Dad*

© Éditions Gallimard Jeunesse, 2006, pour la traduction française
© Éditions Gallimard Jeunesse, 2008, pour la présente édition

Pete Johnson

Il faut sauver papa !

Traduit de l'anglais
par Bernard Fussien

GALLIMARD JEUNESSE

Chapitre 1

C'était pire que je ne pensais. Enfin, je me doutais que tout ça devait mal finir. Mais j'étais loin d'imaginer que mon bulletin serait aussi tragique.

Je vais vous épargner les détails horribles. Inutile de vous ennuyer avec ça. Laissez-moi simplement vous dire que je n'avais encore, de ma vie, jamais vu autant de D et de E réunis sur une seule page.

Je crois être intelligent malgré tout, sauf lorsqu'il s'agit de matières scolaires. Je suis intelligent d'une autre manière, voilà tout. Je suis très observateur, par exemple. Je remarque des choses. Je suis persuadé que je ferais un excellent enquêteur, ou un excellent détective privé. Je m'imaginais déjà en train d'élucider toutes sortes de mystères. J'ai soudain retrouvé le moral.

Puis mon regard s'est de nouveau posé sur ce lamentable bulletin… brusque retour à la réalité. Quand ma mère va voir ça, elle va se mettre à charger dans tous les sens comme un rhinocéros furieux.

Pour ne rien arranger, Claire, ma petite sœur, est vénérée par tous ses profs et son dernier bulletin ressemblait plutôt à une lettre d'amour.

Si seulement je pouvais perdre le mien, ou prétendre qu'un Chinois de passage me l'a arraché des mains ! Après tout, un élève de ma classe s'est bien fait dévorer le sien par un hamster. Le problème, c'est que je n'ai pas de hamster. Et il est un peu tard pour y remédier. De toute manière, le collège possède une copie de tout, n'est-ce pas ? Ils ont d'ailleurs probablement fixé le bulletin de Joe Miles – oui, c'est moi – sur un tableau d'affichage, bien en évidence, pour que l'équipe pédagogique le mitraille de fléchettes.

Que faire ? Je pourrais essayer de le retoucher. Le problème, c'est qu'il faudrait changer quasiment toutes les lignes. Ou je peux simplement oublier de le montrer à ma mère. C'est très tentant. Mais il existe cette stupide tradition qui consiste à faire signer les bulletins par les parents pour bien prouver qu'ils les ont vus. Et puis ma mère devine toujours quand les bulletins sont distribués. Elle possède comme un sixième sens.

Justement, elle est arrivée quelques minutes plus tard avec Claire, qui revenait d'une leçon de musique. Je leur ai souri gaiement.

– Alors, trop bien ta journée, maman ?

– Trop fatigante, a-t-elle soupiré. Tu veux bien mettre la table, Joe, s'il te plaît ?

– Bien entendu, aucun problème.

J'ai préparé une superbe table pour le dîner. Puis j'ai attendu une question qui n'est jamais venue.

Incroyable. Maman avait complètement oublié qu'on devait nous distribuer les bulletins. Ce jour était à inscrire dans le calendrier. J'ai pensé qu'elle devait être très perturbée par ses problèmes au boulot. Elle travaille à la banque et partage son bureau avec une autre femme. Mais sa collègue est constamment absente et ma mère doit faire tout ce que l'autre ne fait pas. Ce qui est vraiment pénible pour elle, mais ce qui m'a retiré une belle épine du pied, enfin, provisoirement.

La soirée avançait. J'étais en sueur, je redoutais le moment où ma mère retrouverait soudainement la mémoire.

Papa est rentré à sept heures et demie. Il a posé sa mallette dans l'entrée, est monté à l'étage pour se changer, a lu une histoire à Claire, avant de redescendre et de s'effondrer dans son fauteuil dans la salle à manger.

Ma mère lui a apporté son repas sur un plateau. Avant, elle avait l'habitude de parler avec lui pendant qu'il dînait. Et papa avait toujours plein d'histoires drôles à raconter sur les gens qu'il avait rencontrés. Il imitait même leurs voix. Mais maintenant, c'est à peine s'il lui décrochait une parole. Et, en général, elle retournait dans la cuisine pour écouter une émission économique à la radio, ou je ne sais quel autre truc tout aussi déprimant. Pendant ce temps-là, papa prenait son repas tout seul devant la télé.

Mais il a quand même parlé avec moi. Il m'a raconté sa journée – il est représentant pour une usine de fournitures de bureau. Plus intéressant encore, papa est aussi copropriétaire d'un magasin appelé *Fantastique en tout genre*. Le local est petit, mais il est encombré de vieilles bandes dessinées, de livres, de cassettes vidéo, de DVD, de figurines, de maquettes et d'affiches. Après le travail, mon père passe parfois à la boutique – qui est sa fierté et sa joie – et il me rapporte toujours quelque chose.

Ce qu'il n'avait pas manqué de faire ce soir-là. Il m'a donné un très ancien numéro des vieilles bandes dessinées américaines que je collectionne. Je me suis immédiatement mis à le lire, attendant toujours mon heure.

Mais, voyez-vous, j'avais un plan : j'allais donner mon bulletin à papa et le lui faire signer pendant que maman serait dans une autre pièce. Bien entendu, papa ne serait certainement pas fou de joie à la vue de mes notes. Il pousserait quelques soupirs et émettrait de drôles de bruits, mais il oublierait bien vite tout ça, car il attache beaucoup moins d'importance que ma mère aux questions scolaires.

Le téléphone a sonné. J'étais persuadé qu'il s'agissait de ma grand-mère. Elle appelle souvent à cette heure-là. Et elle ne lâche plus ma mère. Je devais absolument saisir ma chance.

– Papa, ai-je dit, tu pourrais assassiner quelques personnes pour moi, s'il te plaît ?

Il a posé sa tasse de thé.

– Comme qui, par exemple ?

– Pour commencer, disons… tous mes professeurs.

Papa a esquissé une grimace.

– Qu'est-ce qu'ils ont encore fait ?

– Ils se sont tous ligués contre moi pour remplir cet ignoble bulletin. Tu veux y jeter un rapide coup d'œil ? ai-je ajouté, l'air de rien.

– Je crois que ça vaudrait mieux.

Je me suis penché pour lui chuchoter :

– J'aime autant te prévenir, ce n'est pas beau à voir.

– Je devrais pouvoir tenir le coup.

Mais il a vite reposé le papier, visiblement sous le choc.

– C'est tout simplement catastrophique, a-t-il dit.

– Je sais, il ne faut quand même pas que ça te gâche la soirée. Le soleil brille, et il y a un super match de foot à la télé, qui commence dans quelques minutes à peine. Alors si tu veux bien me signer rapidement tout ça, nous passerons ensuite à des sujets plus réjouissants, comme de savoir quelle équipe va gagner et…

– Attends un moment, tu as montré ça à ta mère ?

– Non, elle avait vraiment l'air contrariée et épuisée, alors j'ai pensé qu'il valait mieux ne pas lui causer plus de soucis pour le moment…

– Comme c'est aimable à toi, a remarqué papa.

Je voyais à son air qu'il se retenait pour ne pas sourire.

— Il est écrit sur ce bulletin que tu ne travailles pas. Alors je veux une réponse sincère. Tu travailles ou pas ?

— J'ai vraiment envie de travailler mais, quand j'arrive à l'école, tout est si gris et si triste. Et je n'y arrive pas, quoi que je fasse.

À ma grande surprise, mon père a hoché la tête, comme pour acquiescer.

— J'ai bien peur, a-t-il dit, que tu ne ressembles à ton vieux père. En lisant certains commentaires, j'ai l'impression de lire mes anciens bulletins. Et particulièrement ceux où il est dit que tu passes trop de temps à faire le clown en cours. J'avais droit aux mêmes réflexions.

— Ce n'est donc pas vraiment ma faute. C'est génétique ! me suis-je écrié.

— Oh, ce n'est pas ce que je suis en train de dire.

Puis il est reparti pour un petit voyage dans le temps.

— Tu as eu cinq sur vingt en maths. Bon, je peux arranger ça. J'avais eu quatre et...

Il s'est mis à sourire à l'évocation de ce souvenir.

— ... ma mère était si inquiète que mon beau-père voie ça qu'elle s'est chargée elle-même de changer ce quatre en quatorze.

— Et elle a eu parfaitement raison, ai-je remarqué. J'aurais adoré la rencontrer.

Sauf qu'elle est morte quand mon père avait douze ans – l'âge que j'avais maintenant. Je pensais parfois à ça. Mais là, j'étais en train d'agiter mon bulletin sous le nez de papa.

– Tu sais, je crois que nous devrions en parler à maman.

– Oui, bien sûr. Dans cinq ou six ans, qu'est-ce que t'en penses ?

– Non, a répondu papa en riant. Bientôt, très bientôt. Mais ce n'est peut-être pas le bon moment ce soir.

– Non, avec un match de coupe d'Europe qui va bientôt commencer.

– Ce n'était pas ce que je voulais dire, a répondu papa.

– Cependant, nous ne voudrions pas manquer ça, n'est-ce pas ?

Papa n'a pas répondu, mais il a souri d'un air approbateur. Il était en train de signer mon bulletin, lorsqu'il s'est produit une chose proprement terrifiante. Maman est apparue dans l'encadrement de la porte.

En fait, ce n'était pas du tout grand-mère qu'elle avait eue au téléphone. C'était un coup de fil de son boulot. Par conséquent, elle n'était pas vraiment de charmante humeur. Et quand elle a vu papa signer quelque chose, un déclic a dû se produire dans son esprit, parce qu'elle a lancé :

– Joe devait avoir son bulletin aujourd'hui.

Puis elle s'est approchée et a demandé, d'une voix bien trop polie, si vous voyez ce que je veux dire :

– Serais-je autorisée à jeter un œil sur le bulletin de Joe ?

Papa a pris son air de hamster hébété et a répondu :

– Oh oui, bien entendu. Nous, ou plutôt je pensais qu'il valait mieux attendre que tu aies bu un bon verre.

Il a éclaté de rire.

Pas maman.

Au lieu de ça, elle a examiné la chose tandis que je détournais les yeux. J'ai horreur de la vue du sang, particulièrement du mien. Mais c'est papa, et non moi, que maman a fixé droit dans les yeux, ce que j'ai trouvé un peu étrange. Puis elle lui a demandé, d'un ton glacial :

– Je pourrais te dire un mot, en privé ?

Ils sont tous les deux partis dans la cuisine, qui est l'endroit où ils se rendent généralement lorsqu'une dispute va éclater.

Les parents des autres poussent des cris et jettent des choses dans tous les sens lorsqu'ils se disputent. Pas les miens. Au lieu de ça, ils se mettent à parler si bas que tout ce que je peux entendre, ce sont des murmures.

J'étais un peu perplexe. C'est moi qui avais eu ce bulletin pourri. Et maman allait s'en prendre à papa, pas à moi. Quelque chose m'échappait.

Ils sont finalement revenus. Papa s'est affalé dans

son fauteuil. On aurait dit un élève puni revenant du bureau du proviseur.

Maman a porté son attention sur moi. Elle était visiblement contrariée.

— Je regrette que tu n'aies pas voulu me montrer ton bulletin. Et je ne suis pas disposée à prendre tout ça à la rigolade.

Elle a jeté un regard glacial à papa.

— Tu me trouverais certainement bien plus sympathique si j'agissais ainsi, mais je sais que tu vaux bien mieux que ça. Et toi aussi, n'est-ce pas ?

— Oui, maman.

Toujours être de l'avis de ses parents quand ils sont contrariés : c'est une règle élémentaire de survie.

— Tu n'as pas fait tes devoirs ce soir, je me trompe ?

— Eh bien, pas encore…

— Je veux que tu montes dans ta chambre et que tu t'y mettes immédiatement. Et à l'avenir, lorsque tu rentreras de l'école, tu prendras ton goûter et tu iras directement dans ta chambre pour y faire ton travail. Tu seras moins fatigué qu'après le dîner et tu n'auras plus à y penser ensuite, tu ne crois pas ?

J'ai approuvé gravement d'un signe de tête.

— Allez, maintenant, tu montes.

J'ai lancé un long regard au match de foot qui commençait à la télé, et à mon père.

Il n'a pas dit un mot, et s'est contenté de me faire un clin d'œil.

Chapitre 2

Une semaine plus tard, ma mère et mon père m'attendaient au retour de l'école.

Ça m'a fait un choc, vous pouvez me croire. Papa ne rentrait jamais si tôt du travail. J'ai immédiatement pensé que j'allais encore avoir des ennuis. Mais ils m'ont accueilli tous les deux avec ce genre de grands sourires qu'on offre aux gens qui reviennent de la guerre, ou d'un enfer quelconque. J'ai failli me retourner pour vérifier si personne ne s'était faufilé derrière moi. Mes parents ne m'avaient plus jamais souri comme ça depuis le jour de ma naissance.

Puis papa m'a demandé si ma journée s'était bien passée à l'école. Maman s'agitait autour de moi pour me verser à boire et m'a tendu une énorme part de gâteau au chocolat. « Ils savent pourtant parfaitement que je suis fauché et que je ne peux pas leur prêter d'argent », ai-je pensé.

J'ai reniflé. Je sentais une délicieuse odeur de cuisine.

— Oui, nous avons prévu un bon poulet rôti avec des frites pour ce soir, a annoncé maman.

C'était nouveau, jamais nous ne mangions ce genre de plat habituellement, sauf le dimanche ou pour les fêtes. Pas le mercredi en tout cas.

— Vous n'êtes pas en train de m'embrouiller gentiment pour m'annoncer que vous allez m'expédier dans un pensionnat ou dans une maison de redressement, ou au zoo du coin ou…

— Non, ne sois pas idiot, viens plutôt dans le salon, m'a interrompu maman.

Claire était déjà là, assise dans le canapé, et buvait délicatement de petites gorgées de lait. Maman s'est installée à côté d'elle.

— Viens t'asseoir près de moi, Joe, m'a-t-elle dit.

J'ai donc été rejoindre la fine équipe en me demandant si papa allait lui aussi venir s'affaler contre nous. Mais non. Il ne s'est pas non plus installé dans son fauteuil habituel. Au lieu de ça, il rôdait près de la porte, comme s'il attendait que quelqu'un l'invite à entrer dans la pièce.

J'ai pensé qu'il avait dû obtenir une promotion, ce qui signifiait que nous allions devoir déménager. C'était la raison pour laquelle ma mère et lui se comportaient de manière si terrifiante avec nous. Mais j'ai observé plus attentivement mon père. Il n'avait vraiment pas l'air de quelqu'un qui venait d'obtenir une promotion.

J'ai soudain été parcouru d'un frisson glacial, j'avais deviné, je savais maintenant ce qu'ils allaient nous annoncer. Bon, ce n'était pas la peine d'en faire toute une histoire. C'était arrivé à pratiquement tout le monde dans ma classe, même à Lee, mon meilleur copain.

Mes parents se séparaient, c'était ce qu'ils faisaient presque tous de nos jours. Mais pas les miens. Je ne voulais pas que ça arrive à papa et maman. Non, je ne voulais pas. Maman était déjà pourtant en train de dire, d'une voix posée, en prononçant bien chaque mot, comme un professeur essayant d'expliquer un problème de maths particulièrement délicat :

— Ces derniers temps, votre père et moi n'avons pas été très heureux ensemble, je ne sais pas si vous avez remarqué ?

Les parents nous prennent vraiment pour des demeurés parfois, vous ne trouvez pas ? Bien entendu que j'avais remarqué. Comment n'aurais-je pas remarqué des scènes du genre de celle de… par exemple, l'autre matin, j'étais en train de prendre mon petit déjeuner dans la cuisine, ma mère se faisait griller des toasts quand papa est apparu dans l'embrasure de la porte en marmonnant :

— Il serait possible d'avoir *ce* bouton cousu sur *cette* chemise dans *cette* maison ?

Pendant un court instant, j'ai cru que ma mère allait lui jeter une de ses tartines grillées à la figure. Mais finalement pas. Au lieu de ça, elle s'est retournée très lentement en lui disant d'une voix tendue, mais parfaitement calme :

— Bien, tu as trois possibilités, tu sais. Tu peux le

coudre toi-même, demander à l'une de tes nombreuses admiratrices au bureau de le coudre pour toi, mais tu peux aussi mettre cette chemise à la poubelle et filer en acheter une autre. C'est comme tu veux.

Papa est reparti sans dire un mot, tandis que maman est restée dans la cuisine, tremblante. Il m'arrive rarement de me taire. Mais là, j'ai estimé qu'il était plus prudent de garder le silence. J'ai simplement continué à mâcher.

Je n'avais jamais évoqué ce petit incident matinal, mais je m'en souvenais parfaitement.

J'avais remarqué autre chose. Papa ne faisait plus jamais rire maman. Ce qu'il arrivait pourtant bien à faire avant. Maman éclatait souvent de rire quand papa parlait. Désormais, ils passaient rarement plus de dix secondes ensemble dans une même pièce. Sauf quand maman entrait parfois dans le salon pour ramasser des chaussures ou remettre les coussins des fauteuils en place en disant :

— Il faut bien que quelqu'un essaie de rendre cet endroit vivable.

Papa se contentait alors de serrer les dents et de tourner nerveusement les pages de son journal.

Maman attendait donc que nous répondions à sa stupide question, mais personne ne se décidait. J'ai fini par approuver d'un signe de tête. Claire n'avait pas encore décroché une parole.

— Nous nous sommes rencontrés il y a de longues années maintenant, votre père et moi.

La voix de maman a légèrement tremblé lorsqu'elle a prononcé cette phrase. Mais elle a immédiatement repris son ton professoral.

—Nous avons besoin de faire le point, de réfléchir à l'avenir et, pour cela, nous voulons prendre un peu nos distances.

J'ai trouvé ça étrange, ils étaient rarement ensemble à la maison ces derniers temps. Ils avaient déjà mis pas mal de distance entre eux.

—Nous allons donc nous séparer, a annoncé ma mère.

—Papa va déménager ? ai-je immédiatement demandé.

—Oui, je vais déménager, a-t-il répondu.

Il était à l'autre bout de la pièce, j'avais déjà l'impression de le voir s'éloigner lentement.

—Mais vous ne pourriez pas vous séparer dans la même maison ? a soudain suggéré Claire, qui semblait revenir à la vie. C'est ce qu'ont fait les parents de Kate. Ils ont chacun deux pièces et…

—Non, je pars, a déclaré mon père.

—Mais tu reviendras ? s'est-elle inquiétée.

Au moment même où je disais :

—Mais vous n'allez pas divorcer ?

—Non, nous n'allons pas divorcer, a répondu maman, ton père et moi avons simplement besoin de savoir où nous en sommes.

Comment mes parents pouvaient-ils prétendre se séparer pour une raison aussi floue, pour savoir où ils en étaient ? Qu'est-ce que ça pouvait bien vouloir dire d'ailleurs ?

J'ai eu un doute soudain. Toute cette histoire autour de mon bulletin, la semaine dernière, papa et maman s'étaient peut-être fâchés pour ça. Était-ce possible ? Non, il s'agissait certainement d'une malheureuse coïncidence, voilà tout.

Je n'arrivais pourtant pas à m'enlever cette idée de la tête.

— Vous allez avoir deux maisons maintenant, a repris maman. Mais le plus important, c'est de savoir que vous comptez toujours autant pour nous. Que nous formons toujours une famille. C'est pourquoi je vous ai préparé ce dîner spécial que nous allons joyeusement partager ensemble.

— Une sorte de dernier repas, ai-je ajouté ironiquement.

Papa a laissé échapper un drôle de ricanement. Maman a tapoté ma main tout en serrant celle de Claire.

— Je sais que vous adorez tous les deux le poulet rôti et les frites. C'est votre plat favori, non ?

C'est ici que Claire s'est mise à pleurer, mais très poliment et très discrètement. Maman a passé le bras autour de ses épaules avant d'annoncer d'une voix tremblante :

— Bien, je crois qu'il est temps de se mettre à table.

Elle avait effectivement sorti le grand jeu pour ce repas. En temps normal, elle se contente de servir directement les légumes dans les assiettes mais, aujourd'hui, elle avait mis de grands et beaux plats, le genre qu'on utilise seulement à Noël. Nous avons également eu droit à la saucière en porcelaine, et même aux couverts en argent. Ma mère avait préparé des quantités impressionnantes de nourriture – largement assez pour en reprendre deux ou trois fois.

Je crois qu'aucun de nous ne voulait laisser s'installer un silence pesant, alors nous avons tous entretenu la conversation. J'ai quand même été grandement soulagé lorsque le repas s'est terminé. J'avais l'impression qu'il avait duré deux siècles.

J'ai aidé maman à tout mettre dans le lave-vaisselle, puis je me suis échappé pour aller faire du vélo. J'ai roulé un long moment, en réfléchissant à tout ça.

Quand je suis rentré, ma mère et ma sœur parlaient à l'étage :

– Mais pourquoi avez-vous décidé de vous séparer, papa et toi ? Je ne comprends toujours pas, disait Claire.

Pendant un instant, j'ai pensé avec angoisse que papa était déjà parti, qu'il avait filé sans rien dire. Mais, lorsque je suis arrivé dans le salon, il était là, affalé dans son fauteuil habituel. Vu comme ça, vous vous imaginez peut-être un petit vieux croulant. Pas du tout, il paraît très jeune pour un père. Il est grand, mince et il a encore tous ses cheveux bruns frisés sur la tête.

Non, la raison pour laquelle il est si souvent assis

dans son fauteuil, c'est simplement qu'il adore regarder de vieux films de science-fiction.

Il en possède une collection impressionnante. Il en a des étagères remplies dans la petite pièce du haut qu'il appelle son bureau. Bien qu'en réalité il s'agisse plutôt d'un endroit où papa entrepose son bazar. Il a tout, de *Star Wars* à *Star Strek*, une vieille série dont il regardait justement un épisode. Il a éteint le lecteur DVD quand je me suis installé à côté de lui.

Mon père a toujours l'air de rêver un peu. Mais plus encore ce soir – il avait l'air un peu sonné aussi.

– Ah, Joe, tu es là, a-t-il dit.

Il m'a lancé un sourire gêné.

– Tu as été faire du vélo, c'est ça ?

– Exact.

Il s'est enfoncé un peu plus profondément dans son fauteuil.

– Tu voulais me demander quelque chose ?

Il essayait d'avoir l'air détaché, comme si de rien n'était, mais on voyait bien qu'il avait du mal. J'ai fixé mes pieds un long moment, puis c'est sorti d'un coup :

– Oui, qu'est-ce qui s'est passé la semaine dernière avec mon bulletin ? C'est pour ça que maman et toi avez décidé de vous séparer ?

– Non, ça n'a rien à voir.

– Je te promets quand même que mon prochain bulletin sera meilleur. En fait, je ne vois pas comment il pourrait être pire, pas vrai ? ai-je ajouté.

Mon père a péniblement hoché la tête, puis il a parlé tout bas, ce qu'il ne faisait que lorsqu'il était vraiment contrarié :

— Ta mère est très en colère contre moi, depuis très longtemps, elle me reproche beaucoup de choses.

On aurait vraiment dit que maman jetait papa dehors, ce qui d'ailleurs confirmait mon impression. Mais quand allait-il partir ? J'avais envie de lui poser la question. D'un autre côté, je n'avais pas trop envie. Lui poser la question, c'était lui réclamer une réponse, rendre le problème encore plus réel.

Et à cet instant précis, je voulais tout faire pour ne plus penser à ça. Alors je n'ai rien dit, papa non plus. J'ai regardé le boîtier du DVD posé sur la table.

— Je connais ce type. C'est le capitaine Kirk, le personnage principal de la série.

Mon père a levé les yeux. Il souriait maintenant.

— C'est vrai, tu as raison, et cet épisode n'était encore jamais sorti en DVD. Il est arrivé au magasin hier.

— Mais tu l'avais déjà vu, non ?

— Oui, je me souviens de l'avoir regardé avec ma mère quand j'étais petit. J'avais été un peu effrayé – ma mère aussi. À la fin, elle s'était levée et avait dit : « Je crois que nous aurions besoin d'une bonne tasse de thé pour nous remettre de nos émotions. »

Il s'est mis à rire.

— Tout ça ne te semblerait certainement pas très effrayant aujourd'hui – si tu veux regarder avec moi.

– Bien sûr que oui.

Pour être honnête, certaines créatures faisaient un peu peur. Mais j'ai bien aimé quand même. Papa et moi avons regardé deux épisodes entiers, puis nous avons longuement discuté pour savoir lequel était le meilleur. (Il a voté pour le premier, moi pour le second.)

Au fond de moi, je me suis dit que papa mettrait certainement des semaines à trouver un nouveau logement. Il était encore à la maison pour un bon moment. D'ici là, maman et lui allaient peut-être finir par savoir où ils en étaient, il n'aurait finalement plus besoin de partir.

En fait, mon père est parti le lendemain.

Chapitre 3

Si le chauffage de notre école n'était pas soudainement tombé en panne, Claire et moi ne l'aurions même pas vu partir. Nous serions rentrés à la maison pour découvrir qu'il manquait désormais quelqu'un chez nous : un père. Je n'aurais vraiment pas aimé. Mais le voir charger ses affaires dans la voiture était bien pire encore.

Je suis resté pétrifié au beau milieu de la rue, regardant papa remplir le coffre avec ses valises, comme il le faisait lorsque nous partions en vacances. J'étais tellement stupéfait que je ne savais pas comment réagir. Tout ça était allé si vite…

Je me suis mis à courir vers lui à toute allure.

– Papa, qu'est-ce que tu fais ? ai-je hurlé.

Une question qui doit facilement se classer dans les dix questions les plus stupides de cette décennie. J'imaginais qu'il allait me répondre quoi, au juste : « Rien, j'essaie un nouveau jeu qui s'appelle : *Combien de valises est-il possible de faire entrer dans une voiture ? C'est très amusant.* »

Mais mon père ne paraissait pas s'amuser follement. En fait, je ne l'avais jamais vu si fatigué et abattu.

— Salut, fils, a-t-il dit.

Sa voix est ensuite devenue à peine audible.

— Nous avons pensé que ce serait mieux si je partais discrètement.

— Mais où vas-tu ? me suis-je exclamé.

— Un de mes clients de *Fantastique en tout genre* est parti à l'étranger pour un an. Il a proposé de me louer sa maison. Ce n'est pas loin d'ici. Votre mère a mon adresse.

Maman est apparue à la porte. Difficile de dire qui avait l'air le plus mal, elle ou lui.

— Tu rentres bien tôt, Joe.

— Le chauffage est tombé en panne, ils nous ont laissés partir après la cantine, ai-je commencé à expliquer.

J'ai été interrompu par une voix, par une sorte de longue plainte en fait. C'était Claire qui nous faisait ainsi savoir qu'elle venait de découvrir la scène qui se jouait sous nos yeux, et qu'elle n'était pas vraiment enchantée par ce spectacle. Elle s'est précipitée sur nous si rapidement qu'elle aurait fait l'admiration d'un taureau enragé. Son visage ruisselait de larmes.

— Non, non, non ! s'est-elle écriée. Tu ne vas pas partir, papa, je ne te laisserai pas faire !

Puis, prenant tout le monde par surprise, elle a saisi un des sacs qui n'avaient pas encore été rangés dans la voiture, avant de disparaître avec dans les escaliers.

Et si l'on considère que ce sac devait peser un certain poids, Claire courait étonnamment vite. La dernière chose que nous ayons comprise, c'est qu'elle s'était enfermée à clef dans sa chambre.

Mon père et ma mère sont montés tous les deux pour lui parler, aussi gentiment et tendrement que possible, mais elle a refusé d'ouvrir sa porte.

Ils étaient bien embarrassés.

— Ça ne lui ressemble pas, ont-ils remarqué.

Puis ils sont allés dans la cuisine et, pour changer, ils se sont disputés. Je ne pouvais pas m'empêcher d'entendre, vu que j'avais l'oreille collée à la porte.

Ma mère murmurait :

— C'est exactement ce que je voulais éviter. Je t'avais dit de partir ce matin.

— Mais j'avais un tas de choses à préparer, et comment aurais-je pu savoir que le chauffage de l'école allait tomber en panne ? a grommelé mon père.

Je vais vous passer le reste de la dispute, parce que ça n'a vraiment aucun intérêt. Ils se contentaient de se reprocher des choses à tour de rôle, encore et encore, toujours et toujours. J'ai alors entendu qu'ils prononçaient mon nom, et je me suis vite éloigné de la porte, juste avant qu'elle s'ouvre.

— Joe, mon ange, a dit ma mère, tu ne voudrais pas aller parler à ta sœur pour la convaincre de nous laisser entrer ? Elle t'écoutera peut-être, toi.

Personnellement, j'en doutais, Claire et moi n'étions pas très proches. Avant, nous nous entendions vraiment bien. Elle me suivait comme mon ombre. Plus tard, nous nous sommes en quelque sorte séparés.

Elle est un peu trop parfaite à mon goût. Et, pour être honnête, un peu trop intelligente également. Vous savez, nous sommes dans la même école, donc on me compare toujours à elle.

Le problème, c'est que je suis extrêmement... moyen. J'ai beau essayer, je ne réussis qu'à décrocher des C dans toutes les matières, sauf en maths (où je me situe toujours à la frontière de la nullité absolue). Tandis que Claire est une sorte de génie en maths et dans presque toutes les autres matières. Ce qui a parfois tendance à me taper sur les nerfs.

Mais qu'importe, je me suis traîné dans les escaliers et j'ai été frapper à sa porte. J'étais quand même intrigué, car Claire ne fait habituellement jamais d'histoires pour quoi que ce soit.

— Tu es seul ? m'a-t-elle demandé.

— Oui, il n'y a que moi et l'homme invisible, ai-je répondu.

J'ai fixé son visage livide et ses yeux rouges lorsqu'elle a rapidement fermé la porte derrière moi. Elle ne me ressemble même pas physiquement. Elle est petite avec une silhouette plutôt frêle, des cheveux foncés comme papa, alors que je suis grand, avec l'air effronté (c'est en tout cas ce que me disent les gens), et que j'ai des cheveux blonds en bataille, qui me font ressembler à un poussin tout juste sorti de l'œuf.

J'ai fait le tour de sa chambre. Je n'étais pas entré dans cette pièce depuis une éternité, à part pour lui balancer un objet quelconque ou lui annoncer que le dîner était prêt.

— Je ne lui rendrai jamais, je te préviens ! s'est-elle écriée.

Elle était blottie sur son lit, le sac de papa posé à côté d'elle.

— Je resterai enfermée ici des semaines s'il le faut — tu pourras peut-être m'apporter un peu de nourriture. Mais je ne le laisserai jamais récupérer son sac, jamais.

— Claire…

Comment pouvais-je m'y prendre pour ne pas paraître sarcastique ?

— Papa peut très bien partir sans ce sac. Il n'y a rien qui ne soit indispensable à sa survie là-dedans.

— Qu'est-ce qu'il y a dedans ? a-t-elle demandé.

J'ai ouvert la fermeture Éclair et une pile de chemises s'est effondrée.

— Et regarde comment il a rangé ça, a dit Claire. Elles vont être toutes chiffonnées.

Elle a commencé à replier correctement toutes les affaires de papa.

— Honnêtement, il est irrécupérable.

Elle avait entendu maman dire ça. Et elle l'avait répété exactement comme le disait maman autrefois, avec affection, presque avec fierté.

— Il n'y a que des chemises alors ? ai-je voulu savoir.

– Non, il y a aussi des vieilles vidéos de *Star Trek*.
– Alors ce sac est bien indispensable à sa survie, ai-je ironiquement ajouté.

J'ai repéré un tas de photos sur la table de chevet de ma sœur. Sur le dessus se trouvait un cliché de nous quatre en train de pique-niquer. Il avait plu pratiquement tout le temps ce jour-là, mais nous nous étions bien amusés quand même. On y voyait papa et maman rire de bon cœur, Claire souriait et je faisais une stupide grimace, comme d'habitude.

– Regarde-les, a dit Claire. Ils étaient heureux en ce temps-là. Pourquoi ne le sont-ils plus maintenant ?
– Ce sont des parents tout crachés, ai-je répondu. Totalement irrécupérables et irresponsables. Mais ils ne vont pas divorcer de toute manière, ils vont juste faire un petit break, respirer un peu.
– Et si papa ne revient pas ?
– Il reviendra, ai-je affirmé. Nous ferons tout pour qu'il revienne.

Une petite lueur s'est allumée dans les yeux de Claire.

– Oui, nous allons faire ça, et à l'école nous n'allons raconter à personne ce qui s'est passé.
– OK, je le dirai simplement à Lee, mais à personne d'autre. Ce n'est pas leurs oignons après tout.

Nous avons alors entendu frapper tout gentiment à la porte.

– Claire ? a appelé maman.
– Je ne suis pas encore prête, m'a chuchoté Claire.

– Parfait, ça leur fera du bien d'attendre un peu de toute manière, avec tous les soucis qu'ils nous causent… Claire n'est pas encore prête, ai-je crié.
– D'accord, rien ne presse, a répondu maman d'une voix si mielleuse que ma sœur et moi n'avons pu nous empêcher d'éclater de rire.

Quelques minutes plus tard, je suis sorti pour annoncer de ma voix la plus solennelle :
– Claire souhaite vous recevoir tous les deux.

Maman est entrée la première pour avoir une conversation avec ma sœur. C'est ensuite papa qui a parlé avec elle pendant une éternité.

Plus tard, maman a prononcé ces horribles mots devant moi : « Tes devoirs. » Je me suis installé à mon bureau en pensant que je gâchais véritablement mon temps et mes talents, que j'apprendrais certainement beaucoup plus vite en surfant sur Internet, quand j'ai soudain vu la tête de papa passer par l'encadrement de la porte.

Il portait le sac que Claire lui avait pris.
– Ta sœur s'est endormie, a-t-il chuchoté. Je crois que je vais pouvoir partir maintenant.
– D'accord, papa.
– Je ne vais pas très loin de toute façon. Votre mère a ma nouvelle adresse et mon numéro de téléphone.

Il s'est penché au-dessus de moi. Si nous avions été dans une série américaine, il m'aurait serré avec émotion dans ses bras. Mais nous ne sommes pas très démonstratifs dans notre famille. Il s'est simplement contenté de sourire et de me passer la main dans les cheveux.

— Je t'appellerai, a-t-il finalement dit.

« Je t'appellerai. » Le genre de banalités que vous sort quelqu'un que vous venez de rencontrer en vacances. Mais pas votre père.

Il a pris son sac et s'est dirigé lentement vers les escaliers. Je ne l'ai jamais entendu dire au revoir à maman. La dernière chose que j'ai entendue, c'est la porte se refermer.

Puis je me suis mis à la fenêtre pour regarder partir sa voiture.

Chapitre 4

Le jour suivant, papa a téléphoné avant le dîner. J'ai entendu maman grommeler :
— Bien sûr, il faut qu'il appelle juste au moment où je prépare le repas.

Ça n'a pas été long. Il nous a simplement dit, à Claire et moi, qu'il avait emménagé dans sa nouvelle maison et c'était tout, voilà.

C'était agréable de l'entendre, mais très étrange. Je me suis demandé ce qu'il allait faire ensuite. J'étais certain qu'il n'était pas du genre à se préparer de bons petits plats. Il se contenterait probablement de faire réchauffer une boîte de haricots blancs. Oui, je l'imaginais très bien en train de manger ses haricots, seul, puis de rester planté cinq heures à regarder des DVD.

Même si papa ne faisait jamais grand-chose à la maison, tout paraissait bien différent sans lui. Ça me manquait de ne plus voir sa voiture dans l'allée du garage ni ses affaires dans l'entrée. Partout où je regardais maintenant, il y avait un grand vide.

Je n'étais vraiment pas d'humeur à faire mes devoirs (pour changer) alors, dès que j'ai pu, je me suis éclipsé pour aller voir Lee, et je lui ai raconté tout ce que je viens de vous expliquer. Nous étions dans la petite cabane au fond du jardin, parce que la mère de Lee n'était pas loin, et qu'elle a toujours une oreille qui traîne.

J'ai des tas de copains (enfin, je crois), mais je n'ai qu'un véritable ami à qui j'estime pouvoir faire totalement confiance.

Lee est cet heureux élu.

À ma grande surprise, il a été très impressionné par la manière dont mes parents avaient géré tout ça.

– C'est bien qu'ils aient pris le temps de vous annoncer ensemble qu'ils allaient se séparer… et puis ce dîner ensuite. Vraiment, la grande classe.

– Si tu le dis, ai-je fait, pas vraiment convaincu.

– Tu peux me croire, comparé à mes parents…

– C'est vrai. Pendant longtemps, tu ne savais même pas que ton père était parti, c'est ça ?

– J'avais bien remarqué qu'il n'était plus à la maison. Mais ma mère n'arrêtait pas de me répéter qu'il avait une réunion. J'ai quand même commencé à trouver que cette réunion durait bien longtemps. Mais quand tu es jeune, tu crois à toutes les bêtises qu'on te raconte. Tu sais, j'ai bien cru au Père Noël jusqu'à l'âge de huit ans.

– Oh… Et ta mère a fini par te dire la vérité, c'est ça ?

— À propos du Père Noël ?
— T'es drôle, tu sais. Non, pour ton père.
— Oui, un soir, je venais juste de me coucher quand elle a soudainement fait irruption dans ma chambre pour m'annoncer : « Je crois qu'il est temps que tu saches la vérité. Ton père ne reviendra plus jamais vivre avec nous. »
— Qu'est-ce que tu as répondu ? ai-je voulu savoir.
— Pas grand-chose, j'étais à moitié endormi quand elle m'a annoncé ça. Je me souviens simplement de lui avoir demandé où était parti mon père au juste.
— Bon réflexe.
— Elle a bégayé un moment avant de réussir à me sortir : « De toute manière, nous n'avons plus besoin de lui ici, mon chou. »
— Mon chou ! ai-je répété, avant d'éclater de rire.
— Elle m'appelle encore comme ça parfois, m'a avoué Lee. À vrai dire, ça ne me gêne même plus.
— Et quand as-tu découvert pour ton père et Flora ?
— Je n'ai su que des semaines plus tard qu'il sortait avec elle. J'ai aussi appris que ma mère était au courant depuis le début. Je n'ai pas revu mon père pendant des mois.

J'avais déjà entendu cette histoire, mais elle me paraissait soudainement bien plus terrible. Je me suis penché vers lui.

— Mais tu vois régulièrement ton père maintenant, non ?

— Bien sûr, il vient me chercher presque tous les week-ends pour qu'on fasse des trucs ensemble.

— Vous avez été voir l'expo *Star Wars* la semaine dernière, non ?

— Exact, c'est juste que…

Il n'osait pas parler trop fort.

— Il faut toujours qu'elle vienne avec nous aussi.

— C'est trop nul.

— Oh, elle est sympa, a repris Lee. La première fois que je l'ai vue, j'étais vraiment décidé à la détester. C'était la femme qui avait brisé ma chère famille, mon bonheur, et tout ça. Et puis j'ai vu cette jeune fille blonde, avec son bonnet rose sur la tête et son écharpe verte autour du cou. Elle paraissait si nerveuse… Je me demandais ce qu'elle pouvait bien faire avec mon père. Elle devait bien avoir vingt ans de moins que lui. Même s'il ne faisait plus aussi vieux qu'avant. Il portait maintenant un jean, des baskets et…

Il a froncé les sourcils.

— … il ne lui lâchait pas la main.

— Tu ne m'avais jamais raconté ça !

— Je pensais qu'ils avaient passé l'âge de faire ça. Mais visiblement pas. Ils m'ont vraiment mis la honte, tu peux me croire.

Il a éclaté de rire. J'ai ri aussi. Mais, au fond de moi, je frissonnais. J'aurais détesté voir mon père se conduire de cette manière.

— Ils s'embrassent devant moi aussi.

– Trop crade !
– Ils ne le font pas tout le temps, mais ils l'ont fait. La première fois, j'ai cru que j'allais me sentir mal et leur vomir dessus. Mais…

Il a haussé les épaules.

– … je m'y suis habitué maintenant.

Puis il a ajouté :

– Est-ce que je t'ai dit que ma mère aussi voyait quelqu'un ?

J'ai failli m'étrangler.

– Non !

– Un certain Martin. Elle prétend qu'il s'agit simplement d'un ami, mais chaque fois qu'il appelle elle s'agite dans tous les sens avec un grand sourire aux lèvres.

– J'ai du mal à imaginer ta mère dans un état pareil.

– Je sais. Ils paraissent normaux pendant des années et des années et, un beau jour, ils changent.

– Tu commences vraiment à m'effrayer, ai-je avoué.

Je l'étais réellement.

– T'inquiète, m'a vite rassuré Lee. Ce qui arrive à tes parents est totalement différent.

– Tu crois ?

– Mais oui. Tes parents ne se sont pas séparés pour toujours. Ceux de Tim ont fait ça aussi.

– Ah bon ?

– Oui, quand il était en sixième. Ils ont raconté les mêmes salades que les tiens, sur le besoin de prendre du recul pour savoir où ils en étaient exactement, etc.

Je pense que les parents doivent s'ennuyer au bout d'un moment, qu'ils ont aussi besoin de s'amuser.

— Mais les siens sont de nouveau ensemble maintenant, non ? ai-je demandé.

— Oh oui, ils ne sont restés séparés que deux mois. Je pense que tes parents vont faire à peu près la même chose avant que tout rentre dans l'ordre. C'est quand il y a une Flora dans les parages que tout se complique. Alors là, ça peut vraiment mal tourner. Mais ton père et ta mère veulent simplement respirer un peu, chacun de leur côté. Ne t'inquiète pas, tout va bien se passer.

— D'accord, ai-je répondu en souriant.

— Et pense à toutes ces bonnes choses qui t'attendent.

Alors là, j'étais perplexe.

— À tous les cadeaux ! s'est écrié Lee. Tim m'a expliqué que le budget cadeaux explose carrément quand tes parents se séparent comme ça, parce que chacun essaie de faire mieux que l'autre. Alors tu as plus de cadeaux et des cadeaux plus chers.

Il a esquissé un sourire grimaçant.

— En fait, Tim n'était pas vraiment heureux que ses parents décident de se réconcilier juste avant son anniversaire. Il a senti qu'il avait vraiment manqué une belle occasion.

— Alors je peux commencer à passer mes commandes dès maintenant, ai-je plaisanté.

— Exact. Tu as tout compris. Ils vont se lâcher dans

les prochaines semaines, parce que la séparation de tes parents ne va pas durer, je te le rappelle. Que peut-on souhaiter de mieux ?

Lee est vraiment un chouette copain. Je savais qu'il voulait me remonter le moral.

Chapitre 5

Un dimanche après-midi, Claire et moi avons entendu papa mettre sa clef dans la serrure. Ma sœur s'est précipitée en bas des escaliers et s'est jetée dans ses bras. Je ne suis pas trop pour ce genre de démonstrations (ce n'est vraiment pas mon style), mais j'ai adressé un grand sourire satisfait à papa et lui ai dit :
— Regardez-moi ça, mon vieux père, le seul et l'unique, qui vient me chercher pour m'emmener au cinéma.

Papa portait son nouveau jean noir et une chemise bleu foncé qui aurait mérité un bon coup de repassage, mais sinon il était plutôt élégant. Il se comportait pourtant de manière étrange. Il restait à rôder dans le couloir de l'entrée comme un visiteur, il paraissait perdu dans sa propre maison.

Puis maman est apparue et ils ont entamé une conversation affligeante. En voici de courts extraits :
PAPA : — Ah, bonjour, comment vas-tu ?
MAMAN : — Toujours très occupée au bureau, mais ça va. Et toi ?

PAPA : — Parfaitement bien. *Une pause.* On dirait que le temps s'améliore, tu ne trouves pas ?

MAMAN : — Oui, ça devrait rester beau.

Je ne vais pas continuer, vous allez finir par vous endormir. Mais ça vous donne une idée. Ils étaient si atrocement polis l'un envers l'autre qu'on pouvait se demander s'ils s'étaient déjà rencontrés auparavant.

— J'ai mis ton courrier dans la cuisine, s'est enfin décidée à dire sérieusement ma mère. J'espère que ça te va comme ça.

Mon père se contentait de hocher la tête comme un chien obéissant. Il a suivi ma mère dans la cuisine, pendant que Claire et moi étions censés nous préparer pour sortir.

— Bon, nous ne devons surtout pas nous presser, a averti ma sœur. Il faut leur laisser un maximum de temps pour être ensemble. Papa manque tellement à maman, a-t-elle soupiré.

Claire avait étroitement surveillé maman depuis que papa était parti, bien déterminée à prouver combien son cœur était brisé. Tous les soirs, Claire me donnait des coups de coude et me murmurait :

— Regarde le visage de maman. Elle a l'air triste.

Je regardais alors le visage de maman et, en fait, je ne remarquais rien de spécial. Puis je me disais que, peut-être, elle paraissait effectivement un peu mélancolique. Et puis que non, qu'elle devait simplement souffrir d'une légère indigestion.

J'avais cependant noté une chose : ma mère était incroyablement gentille avec nous. Rien ne semblait vraiment poser de problème, et jamais elle ne se fâchait. Même pas lorsqu'une de ses assiettes préférées m'avait malencontreusement échappé des mains avant de se briser spectaculairement sur le sol. Ma mère s'était contentée de sourire et de me dire :

– Moi aussi j'en ai cassé une hier. Ça doit être contagieux.

Quoi qu'il en soit, quand Claire et moi sommes finalement redescendus, papa et maman ne s'étaient pas jetés dans les bras l'un de l'autre comme ma sœur l'avait à moitié espéré (contrairement à moi). Au lieu de ça, maman astiquait l'évier et papa lisait son courrier. Ni l'un ni l'autre ne s'adressaient plus la parole. Ils avaient visiblement épuisé leur réserve de conversation polie. « D'un autre côté, ai-je pensé, ils ne sont pas en train de se disputer. » Ce qui était déjà une bonne chose.

Maman nous a fait au revoir de loin, nous disant qu'elle était certaine que nous allions bien nous amuser, et je ne sais pas trop quoi d'autre... tant pis, nous étions partis.

Nous avons été voir *L'Histoire d'un chat sachant parler*. Vous connaissez ce film ? Pas mal, si vous êtes d'humeur à supporter les aventures d'un félin blagueur capable d'empêcher le braquage d'une banque. J'aurais malgré tout préféré qu'il ne se mette pas à chanter (et certainement pas *Chabadabada*).

Papa nous a offert des tonnes de glaces, de pop-corn et de bonbons avant la séance. Ce qui ne l'a pas empêché, quand le film a été terminé, de nous demander si ça nous ferait plaisir de manger quelque chose. Bien entendu, Claire et moi avons répondu oui. (Claire peut paraître frêle et fragile, mais elle est capable d'engouffrer d'impressionnantes quantités de nourriture.)

J'ai suggéré d'aller dans ce restaurant avec buffet à volonté. Ma sœur et moi avions empilé tant de choses sur nos assiettes que, lorsque nous avons rejoint nos places, nous avons perdu une partie de nos provisions en route. Papa nous observait d'un air perplexe.

Puis lorsque nous avons finalement arrêté de nous goinfrer, mon père a dit :

— Je voudrais que vous sachiez une chose : même si je n'habite plus à la maison avec vous, vous pouvez m'appeler quand vous voulez, je serai toujours là pour vous.

Sa voix avait légèrement chevroté lorsqu'il avait dit « toujours ».

— Oh, papa, tu nous manques tellement !

La voix de Claire aussi avait chevroté, sans aucun doute. Voilà pourquoi je me suis empressé d'ajouter :

— Mais enfin, qu'est-ce qui vous prend ? Tu vas revenir avant même que nous ayons eu le temps de nous apercevoir que tu étais parti, non ?

Papa n'a pas dit oui, comme il aurait dû. Mais il n'a pas dit non. Tout ça restait donc plutôt encourageant.

Il avait des surprises pour nous dans la voiture. (Lee avait vu juste sur ce coup-là.) Il les avait emballées comme des cadeaux de Noël. J'ai eu droit à un jeu vidéo et Claire à un livre sur les poneys.

J'étais ravi de mon cadeau, Claire n'avait pas l'air aussi enthousiaste que moi.

– Tu l'as déjà, c'est ça ? a demandé mon père.

– Ben, oui, je l'ai déjà, a-t-elle répondu tristement. Mais ce n'est pas grave. C'est toujours utile d'en avoir un de rechange.

– Non, je vais t'acheter autre chose. Qu'est-ce qui te ferait plaisir ?

La réponse n'a pas tardé. Elle n'a pas hésité une seconde :

– En fait, j'ai vu des chaussures que j'aimerais vraiment, vraiment avoir.

Je me rappelais maintenant l'avoir entendue demander la même chose à maman. Mais ma mère adore nous faire attendre, elle n'accepte jamais du premier coup. Elle estime que ça forge le caractère, ou je ne sais quoi. Elle lui avait donc répondu : « Nous verrons un peu plus tard, mon ange, d'accord ? »

Claire avait été amèrement déçue. Elle les aurait voulues maintenant, sans attendre. Mais quand même, j'étais un peu choqué de l'entendre demander ça à papa. Je crois qu'elle aussi, car elle s'est soudain mise à rougir. Par ailleurs, je ne pouvais m'empêcher de penser que ses chaussures coûteraient beaucoup plus cher que mon jeu vidéo. Cela signifiait-il que j'allais avoir droit à un deuxième cadeau ? J'étais assez tordu pour penser ce genre de chose, mais pas assez quand même pour le demander.

Enfin bref, nous sommes arrivés au magasin de chaussures juste avant la fermeture. Claire a immédiatement trouvé ce qu'elle cherchait. J'ai fait comme papa, répétant moi aussi que je les trouvais vraiment magnifiques, bien qu'aujourd'hui je sois incapable de me souvenir à quoi elles ressemblaient, ni même de dire de quelle couleur elles étaient.

En revanche, je me souviens parfaitement que Claire avait retrouvé sa belle couleur écarlate lorsque papa est allé payer.

– Tu me trouves répugnante, n'est-ce pas ? a-t-elle murmuré d'une toute petite voix.

– Sans aucun scrupule plutôt, ai-je précisé.

Puis j'ai ajouté :

– Mais pourquoi ne pas profiter de cette situation finalement ? Nous n'en sommes pas responsables après tout, nous en sommes plutôt les victimes.

– Exact, nous en sommes les victimes, a approuvé Claire. Et puis je voulais ces chaussures depuis si longtemps.

Maman nous attendait sur le pas de la porte.

– J'avais peur que vous vous soyez perdus.

Elle a ri d'une étrange manière.

– Je croyais que le film se terminait à seize heures

quinze. J'espère que mon repas n'est pas fichu. Vous allez adorer.

Maman a remarqué nos drôles de têtes.

— Vous avez déjà mangé, c'est ça ?

— Oui, nous avons déjà mangé, a confessé Claire.

— Oh, très bien, ce n'est pas grave, pas de problème, a-t-elle repris de sa petite voix aiguë et tendue.

Puis elle a remarqué nos cadeaux. Elle paraissait si choquée et horrifiée que je n'avais qu'une envie, me débarrasser au plus vite de mon jeu vidéo, par n'importe quel moyen. Je sentais que je la décevais profondément. Claire aussi, qui était au bord des larmes. Mais le regard de maman était fixé sur papa.

— Je ne savais pas que tu devais acheter des cadeaux aux enfants. Ce n'est pas dans nos habitudes.

Chaque mot tombait aussi chaleureux qu'une stalactite.

Papa n'a rien répondu, il la fixait à son tour.

— Et, la prochaine fois, peut-être me préviendras-tu si tu comptes faire manger les enfants avant de les ramener ! a-t-elle lancé sèchement.

— Si tu veux je te remplirai une demande d'autorisation en trois exemplaires, a-t-il grommelé.

Vous y croyez, vous ? Ils recommençaient à se disputer. Ce n'était vraiment pas honnête de leur part, eux qui s'étaient soi-disant séparés pour essayer d'arranger les choses. Alors si c'était pour continuer comme avant, autant qu'ils se remettent à vivre ensemble !

– J'ai passé un temps fou à préparer ce repas, a repris maman qui s'énervait de plus en plus. Tout ce que je demande, c'est un peu de considération. Si seulement tu avais pensé à me passer un coup de téléphone !

Mais elle s'adressait au dos de papa. Il était déjà reparti vers sa voiture en marmonnant :

– Je voulais simplement faire plaisir aux enfants.

Il était si troublé qu'il a failli partir sans même nous dire au revoir, à Claire et à moi. Il a quand même repris ses esprits pour nous annoncer :

– Ne vous inquiétez pas. Je reviendrai bientôt vous voir.

Tout ça manquait un peu de précision à mon goût.

– Et bientôt, c'est quand exactement pour toi ? ai-je demandé.

Il a souri.

– Dimanche prochain, même heure, même endroit. Et nous irons où vous voudrez, d'accord ? Vous pourrez choisir.

– OK, merci, nous avons vraiment passé un bon moment, ai-je répondu.

– Tu vas nous manquer, a ajouté Claire.

Nous avions chuchoté ces deux dernières phrases, car maman rôdait toujours sur le pas de la porte.

Les lèvres de Claire tremblaient.

– Ce serait mieux si tu ne pleurais pas, l'ai-je prévenue tout bas. Ça ne servirait qu'à énerver un peu plus maman.

Claire a reniflé bruyamment, avant de déclarer fermement :

— Je ne pleure pas.

— Et ce repas que maman nous a préparé, ai-je continué, il va falloir en manger un peu.

Claire a courageusement approuvé d'un signe de tête.

— D'accord.

— Bon, prenez simplement ce que vous voulez, a dit maman quand nous lui avons proposé de nous mettre quand même à table. Je ne serai pas fâchée si vous en laissez.

Nous avons donc remis ça. Ce n'était pas si difficile finalement, j'adorais ce qu'elle avait préparé et, en plus, j'ai un véritable estomac de vache.

— Je suis certaine que vous avez passé un agréable après-midi, a dit maman.

J'étais sur le point de dire « oui, en effet », mais quelque chose dans le ton de ma mère m'en a dissuadé.

— Le film était pas mal, mais pas très original.

Claire a vite compris.

— Et pas aussi drôle qu'on le croyait.

Je savais qu'elle mentait, mais c'était pour la bonne cause : maman commençait à retrouver le sourire. Voilà ce qui arrive lorsque vos parents se séparent. Vous vous transformez en agent double : vous dites à votre père que vous avez passé une super journée, mais vous racontez une chose totalement différente à votre mère. Tout ça pour préserver la paix – et pour que chacun puisse être heureux avec vous.

Même chose pour les cadeaux : en fait, maman semblait avoir oublié mon jeu vidéo, mais elle ne quittait pas des yeux les nouvelles chaussures de Claire. Elle ne disait rien, mais on devinait qu'elle n'approuvait pas du tout.

Si bien qu'après le dîner Claire les a retirées et montées dans sa chambre.

– Si je porte ces chaussures, ça ne fera qu'énerver maman, m'a expliqué Claire. De toute manière, je les déteste désormais.

– Tu les détestes ! me suis-je exclamé.

– Oui, elles me rappellent combien je suis devenue cupide et manipulatrice.

Je n'ai pu m'empêcher de rire.

Voilà comment ces chaussures toutes neuves se sont retrouvées au fond d'un placard, méprisées, sans aucun espoir d'être à nouveau portées. Je ne serais pas surpris d'apprendre qu'elles s'y trouvent encore.

Chapitre 6

Le dimanche suivant, papa est revenu nous chercher. Nous avons choisi d'aller à la fête foraine. Nous avons essayé toutes les attractions et – préparez-vous à être impressionnés – j'ai gagné deux poissons rouges. Nous avons vraiment passé un bon moment, même si nous en faisions un peu trop pour nous amuser à tout prix, surtout papa.

Il nous a encore offert des cadeaux, comme autant de lots de compensation : « Je suis vraiment désolé de ne plus être à la maison, mais regardez ce nouveau jeu vidéo comme il est bien. »

Ensuite, nous avons dû montrer ces cadeaux à maman. C'était un peu comme passer à la douane. Mais elle s'est simplement contentée de faire la grimace lorsqu'elle a vu ce que nous rapportions. Puis elle a remercié papa de nous avoir ramenés à l'heure pour le dîner.

Ils se montraient de nouveau très polis l'un envers l'autre.

Je crois qu'ils se sentaient mal après la dispute de la semaine dernière.

Papa a demandé à maman s'il pouvait prendre quelques affaires dans la chambre (c'est comme ça qu'il a dit : il n'a pas dit « *notre* ancienne chambre », mais « *la* chambre »). Et maman lui a répondu : « Bien entendu. »

J'ai suivi papa à l'étage. Je ne tenais pas à ce qu'il emporte trop de choses. En fait, je l'ai retrouvé le regard fixé sur le mur. Maman venait juste de tout repeindre en jaune, ce qui ne devait pas être la couleur préférée de mon père à en juger par son air profondément contrarié.

– Je ne suis pas fan du jaune moi non plus, ai-je remarqué. Je préfère le blanc. On est sûr de ne jamais se tromper avec le blanc, n'est-ce pas ?

Mon père ne m'a pas répondu, il a juste murmuré entre ses dents serrées :

– Eh bien, elle n'a pas traîné.

Il estimait visiblement qu'on aurait pu lui demander son avis avant de changer la couleur des murs de la chambre à coucher. Et, pour être tout à fait honnête, je le comprenais.

Puis il a laissé échapper un cri, le genre de cri qu'on pousse lorsqu'on se cogne un orteil dans un meuble. En fait, il pointait du doigt un cadre accroché juste au-dessus du lit. On pouvait y lire cette phrase : « N'attends pas, une nouvelle vie te tend les bras. »

– Ce truc est ici depuis longtemps ?

– Ça fait quelques jours, ai-je vaguement répondu. Il y en a un autre dans la cuisine.
– C'est vrai ! s'est-il exclamé.

Je trouvais effectivement que ces messages faisaient un peu ringards. Mon père, lui, bouillonnait de rage et semblait soupçonner ma mère d'avoir rejoint une secte de fous dangereux.

Il a balancé des chemises dans un sac, puis il est redescendu au rez-de-chaussée où l'attendait ma mère, qui lui a annoncé en souriant nerveusement :

– Nous allons dîner dans un instant, tu es le bienvenu si tu désires te joindre à nous.

Ma sœur et moi avons échangé un regard satisfait. Maman s'ennuyait visiblement sans papa, c'était un moyen pour elle d'essayer de le faire revenir à la maison. À ce rythme-là, ils ne tarderaient pas à se retrouver de nouveau ensemble.

Mais nous avons été horrifiés d'entendre papa répondre d'un ton brusque et irrité :

– Non, non, impossible, je ne peux pas. Je dois rentrer.

Et c'était particulièrement choquant parce que papa n'est jamais agressif avec personne, jamais.

Sans dire un mot, ma mère a disparu dans la cuisine. Parler d'une atmosphère tendue aurait été grandement sous-estimer la situation. J'ai alors essayé d'arranger les choses avec une petite touche d'humour :

– Tu sais, papa, je me tiens beaucoup mieux à table maintenant. Je ne bave plus que lorsque je suis vraiment très excité. Et ce n'est pas tous les jours qu'on a la chance de dîner avec quelqu'un qui vient de gagner deux poissons rouges. Alors reste, s'il te plaît.

— Je suis désolé, Joe, je ne peux vraiment pas, a grommelé mon père avant de partir.

Pendant ce temps, maman s'agitait dans la cuisine. Je me suis demandé si je devais lui dire que papa était furieux contre elle parce qu'elle avait repeint les murs de la chambre en jaune et accroché ce stupide cadre au-dessus du lit. J'ai finalement décidé qu'il était préférable de rester en dehors de tout ça.

Le dimanche suivant, dès que nous avons entendu arriver la voiture de papa, maman a pris des dossiers qu'elle avait apportés du bureau avant de disparaître rapidement dans les escaliers. Elle a claqué bruyamment la porte de sa chambre et n'en est pas ressortie.

Il était prévu que mon père passe un peu de temps à la maison avec nous. Mais il a rapidement changé d'avis et a décidé de nous emmener faire un tour en voiture à la place.

— Ma chérie, tu pourrais prévenir ta mère que nous allons sortir, s'il te plaît ? a-t-il demandé à Claire.

Ma sœur est partie et j'ai fait remarquer très gentiment à mon père :

— Papa, tu ne crois pas que ça aurait été mieux si tu l'avais fait toi-même ?

Vous comprenez, je voulais que mes parents continuent à se parler, même si ce n'était que de la pluie et du beau temps. Et je ne voyais vraiment pas pourquoi Claire et moi aurions dû commencer à jouer les intermédiaires.

Mais mon père s'est contenté de m'adresser un sourire grimaçant avant de changer rapidement de sujet. Plus tard, lorsque j'ai prononcé le mot « maman », il est resté silencieux pendant quelques secondes, puis s'est mis à parler d'un tout autre sujet.

Maman n'était pas mieux. Quand nous sommes revenus de notre balade – papa n'est pas entré dans la maison cette fois –, elle s'est précipitée dans la cuisine pour nous préparer à dîner. Mais elle ne nous a pas posé la moindre question sur l'après-midi que nous venions de passer. Elle ne nous a même pas demandé si nous nous étions bien amusés. Elle s'est comportée comme si ces quelques heures n'avaient jamais existé.

Ce n'est pas dingue, ça ?

Mais ce que je n'ai vraiment pas supporté, c'est lorsque papa a appelé dans la semaine. Maman a simplement répondu : « Oh, bonjour, comment vas-tu, il ne fait pas chaud ce soir, hein ? » comme elle l'aurait fait si l'un de mes copains avait été à l'autre bout du fil. Elle m'a juste annoncé, sans un mot plus haut que l'autre, d'une voix monocorde et indifférente :

– Joe, c'est pour toi.

Mon père et ma mère ne vivaient plus simplement dans deux endroits différents, mais dans deux mondes différents, où l'un n'avait jamais existé pour l'autre.

Je vais vous dire, cette histoire sans parole me déprimait vraiment. C'est Lee qui m'a aidé à reprendre le dessus. Il m'a assuré que tout irait pour le mieux tant que ni ma mère ni mon père ne sortaient avec quelqu'un d'autre. Ils se faisaient simplement la tête et personne ne voulait avoir l'impression de céder le premier.

Je ne devais pas avoir l'air totalement convaincu, car il a ajouté :

— J'ai un peu parlé avec Tim Byrne. Rassure-toi, j'ai agi avec beaucoup de finesse et je n'ai jamais cité ton nom.

Il s'était empressé d'ajouter ça, car il savait que je ne voulais pas que la nouvelle de la séparation de mes parents se répande dans le collège.

— Ses parents ne se sont pas parlé pendant des semaines eux non plus. Et puis un beau jour – miracle ! – ils se sont soudainement remis ensemble.

— Et pendant combien de temps sont-ils exactement restés séparés ? ai-je demandé.

— Environ huit semaines, m'a dit Tim.

Ce qui signifiait que je devais encore attendre trois semaines avant que tout rentre dans l'ordre. J'ai même commencé à marquer les jours sur un calendrier – c'est affligeant, mais c'est comme ça.

J'ai expliqué à Claire ce que Lee pensait de la situation. J'étais surpris de voir combien nous étions devenus proches, ma sœur et moi. Tous les soirs, nous discutions longuement ensemble.

Un soir, elle m'a prévenu qu'une fille de sa classe, Tamzin, organisait une fête, elle m'a demandé si je voulais l'accompagner. J'étais stupéfait, vraiment, que Claire me propose d'y aller avec elle, qu'elle me préfère à n'importe qui d'autre. J'ai supposé qu'il s'agissait d'une de ces fêtes où le moment le plus palpitant serait un concours de chaises musicales. J'ai donc décliné l'invitation, poliment mais fermement.

À la dernière minute, Claire n'y est pas allée non plus. Au lieu de ça, lorsqu'elle est rentrée de l'école, elle s'est effondrée sur une chaise de la cuisine, avant d'annoncer qu'elle ne se sentait pas très bien et qu'elle ne pouvait pas se rendre à la fête.

Maman s'est aussitôt inquiétée :

— Qu'est-ce qui ne va pas, ma chérie ?

— J'ai terriblement mal à la tête, ma gorge me brûle et je n'arrête pas de frissonner.

Elle avait énoncé tout ça de façon remarquablement calme, mais maman s'est affolée pour deux et a immédiatement fait monter Claire dans sa chambre.

Plus tard, je me suis dit que ce serait gentil d'aller voir comment se portait la malade. Je m'attendais à la trouver profondément endormie et, tout d'abord, j'ai cru que c'était le cas. Elle était roulée en boule dans son lit, les deux mains refermées sur son singe en peluche qu'elle a depuis qu'elle n'était encore qu'un embryon et qui, sachez-le, se prénomme Georges. J'ai alors entendu le bruit caractéristique des sanglots. Et Claire ne se contentait pas de pleurer timidement, elle versait toutes les larmes de son corps.

J'étais bouleversé.

Elle s'est levée d'un bond et a violemment rejeté son singe en peluche loin d'elle, l'air gênée.

– Qu'est-ce que tu fais ici ?

– Je venais simplement voir comment ça allait. Pourquoi pleurais-tu ?

– Je ne pleurais pas.

– Oh, c'est donc Georges que j'ai dû entendre. Tu te sens mal ?

– Affreusement mal.

– Tu veux que j'aille chercher maman ?

– Tu n'as pas intérêt ! s'est-elle écriée si furieusement que j'ai reculé d'un pas.

– D'accord, d'accord, je ne vais pas aller chercher maman. Et tu ne veux pas me parler, à moi ?

– Je ne veux parler à personne ! Laisse-moi seule, voilà ce que je veux, a-t-elle ajouté en enfonçant sa tête dans l'oreiller.

J'ai commencé à tourner en rond dans la pièce, impossible de partir, de laisser Claire dans cet état. J'ai fini par m'asseoir sur la chaise verte, dans un coin de sa chambre, qui a malheureusement grincé.

– Tu es encore là ? a-t-elle murmuré.

— Non, je suis parti depuis un bon moment... Cette chaise n'est vraiment pas confortable.

— Je ne t'ai jamais demandé de t'asseoir dessus.

— C'est exact, tout à fait exact. Claire...

— Quoi ?

— Tu aimerais que je te raconte la blague la plus drôle du monde ?

— Non.

— C'est l'histoire d'un type qui se précipite chez le poissonnier. Il entre dans la boutique et lui demande, l'air inquiet : « Bonjour, monsieur, vous vendez bien des croquettes de poisson ? – Oui, lui répond le poissonnier. – Ah, tant mieux, parce que je n'avais plus rien pour nourrir mon poisson-chat ! Et il est vraiment de mauvais poil quand il a faim ! »

Claire était assise dans son lit et me regardait fixement à présent.

— C'est pathétique.

— Oh, tu sais, j'en ai un bon millier d'autres comme ça. Et je vais rester assis là et te les raconter toutes, les unes après les autres, si tu ne m'expliques pas ce qui ne va pas.

Elle hésitait.

— Blague numéro deux. C'est l'histoire d'un type...

— Non, non, c'est bon, m'a-t-elle interrompu, en baissant la voix comme on le fait généralement quand on soupçonne qu'un micro est caché quelque part dans la pièce. J'ai raconté à tout le monde que papa était parti en Amérique. Mais aujourd'hui il y avait ce groupe de filles de ma classe en train de ricaner, de chuchoter en me regardant. Ensuite, elles se sont toutes rapprochées, et Tamzin m'a dit : « Ton père n'est jamais parti en Amérique. Un de nos voisins a raconté à ma mère ce qui s'est vraiment passé. Tes parents se sont séparés. Alors, arrête de nous mentir ! » Et j'ai continué à affirmer le contraire : « Non, ils ne se sont pas séparés. Mon père est juste en voyage pour son travail. » Mais Tamzin ne voulait rien entendre. Elle devenait de plus en plus enragée, jusqu'à ce qu'elle se mette finalement à crier : « Ton père et ta mère se sont séparés, et je suis certaine que c'est à cause de toi ! »

J'étais abasourdi.

— C'est tellement méchant. J'espère qu'elle trouvera des asticots dans son gâteau d'anniversaire. Et puis c'est n'importe quoi de dire que papa et maman se sont séparés à cause de toi. Tu es une fille en or.

Je n'ai pu m'empêcher d'ajouter sur un ton sarcastique :

— La fille parfaite, dans tous les domaines.

— Non, ce n'est pas vrai ! s'est exclamée Claire avec indignation.

— Allez, vas-y, tu es la reine des meilleures notes. Rien qu'aujourd'hui, tu en as eu combien ? Une centaine ? Et regarde ta chambre, il n'y a pas une affaire qui traîne.

— Je fais aussi des choses malhonnêtes.

Elle s'est levée.

— Regarde, tu vois, je ne suis pas vraiment malade.
Elle a apprécié que je prenne un air surpris.
— Je t'ai bien eu, non ?
— Oui, oui, je dois l'admettre…
— Je ne pouvais pas supporter l'idée d'aller à la fête de Tamzin ce soir. Alors je me suis dit que ce serait mieux de raconter que je ne me sentais pas bien. Je vais rester à la maison pendant quelque temps, loin de l'école et de toutes mes chères amies qui doivent probablement, en ce moment même, se raconter des histoires sur moi. Je ne compte pas retourner à l'école avant lundi, au plus tôt.
— Tu veux vraiment sécher les cours ? me suis-je étonné.
— Oui.
Je me suis précipité hors de sa chambre.
— Excuse-moi un instant, lui ai-je dit.
— Où tu vas ?
— Je voudrais sortir pour vérifier si la terre ne s'est pas arrêtée de tourner.
— Tu ne me connais pas si bien que tu le crois, a-t-elle repris triomphalement. Personne ne me connaît vraiment.
Je me suis rassis sur la chaise verte.
— Lundi, ou quand tu décideras de retourner à l'école, je viendrai avec toi voir Tamzin. Et je confirmerai ton histoire, du début à la fin.
— Tu ferais ça ?
— Beau geste, n'est-ce pas ?

Lundi, donc, Claire est retournée à l'école, et pendant la récréation nous sommes allés voir Tamzin. D'une voix très digne, je me suis adressé à elle :

— Bien sûr que mon père est aux États-Unis, il est à Detroit, dans le Michigan, où il participe à un colloque commercial international.

J'ai hoché la tête d'un air méprisant et j'ai ajouté :

— Comment peux-tu croire de stupides ragots, surtout lorsqu'ils concernent quelqu'un supposé être ton amie ? J'estime que tu dois des excuses à ma sœur.

Et Tamzin a marmonné un timide : « Désolée, Claire », avant de devenir rouge comme une tomate et de partir.

Claire était grandement impressionnée et reconnaissante. Et je me sentais moi-même parfait dans mon rôle de grand frère. J'ai même ajouté :

— Si jamais tu as d'autres problèmes, viens simplement me voir et demande-moi, d'accord ?

Plus tard dans la journée, par une troublante coïncidence, mon père a appelé pour dire qu'il s'absentait quelque temps. Sauf que c'était en Belgique, et pas aux États-Unis. C'était quand même étrange d'avoir prétendu une chose qui, en quelque sorte, se réalisait vraiment.

Mais ce qui était encore plus étrange, c'était la manière dont papa nous avait annoncé ça. Habituellement, lorsqu'il appelle, il en profite toujours pour faire une ou deux blagues, mais il paraissait vraiment préoccupé aujourd'hui... Je le sentais différent. J'ai pensé que ça lui faisait de la peine d'être loin de ses deux formidables enfants, et qui aurait pu lui en vouloir pour ça ?

Mais, en même temps, j'avais comme un horrible pressentiment : il y avait autre chose.

Un vrai problème.

Chapitre 7

Ce dimanche, au lieu de voir arriver papa, nous avons eu la visite surprise de papi et mamie, tout droit venus de leur campagne profonde.

Papi et mamie sont mariés depuis si longtemps qu'ils figurent certainement dans *Le Livre des records*. Pourtant, ils semblent n'avoir aucun centre d'intérêt en commun. Depuis que mon grand-père est à la retraite, il passe tout son temps à jouer au billard et au golf. Alors que ma grand-mère préfère le yoga, la gymnastique et les dés à coudre (ce n'est pas une blague, elle collectionne les dés à coudre, elle possède environ quatre cents de ces stupides objets).

Et ils sont toujours en train de se chamailler et de se critiquer l'un l'autre. Comme aujourd'hui, les premiers mots de mamie ont été :

– Désolée, nous sommes en retard, mais un de ses amis du club de billard est venu à la maison et, bien entendu, ils ont pris leur temps pour discuter, comme si nous n'étions pas pressés de partir. Je ne vous fais pas un dessin !

— Il avait quelque chose d'important à me dire, a protesté papi.

— Quelque chose d'important ! a répété grand-mère, excédée. Qu'est-ce qui pouvait bien être plus important que de voir ta fille et tes petits-enfants ?

Je me suis soudain demandé si mon grand-père et ma grand-mère s'étaient déjà séparés une fois dans leur vie. C'était possible. La vraie question était alors : comment avaient-ils pu revivre ensemble ?

J'ai décidé d'essayer de me renseigner auprès de mamie. L'occasion s'est présentée lorsque maman, Claire et papi sont sortis dans le jardin. Mamie était restée à la maison, parce que le soleil lui donne des maux de tête. Je lui ai alors préparé une tasse de thé et je lui ai demandé :

— Mamie, est-ce que je pourrais te poser une question très personnelle ?

— Tu peux, m'a-t-elle répondu.

Vous avez certainement compris que ce n'est pas le genre de grand-mère douce et câline qui sent bon la lavande et qui pense que tout va pour le mieux dans le meilleur des mondes. Non, ma grand-mère est très franche et ne mâche pas ses mots. Mais elle est vraiment drôle et je l'aime beaucoup.

— Bien, ma question est… et si tu trouves la bonne réponse, tu gagnes la super cagnotte du jour.

— C'est bon, pose-la, m'a-t-elle interrompu sèchement.

J'ai pris une profonde inspiration.

— Papi et toi, vous ne vous êtes jamais séparés... momentanément ?

Les sourcils de ma grand-mère ont bondi. Puis je pense qu'elle a compris pourquoi je lui posais cette question, alors son expression s'est adoucie — légèrement.

— Non, ton grand-père et moi ne nous sommes jamais séparés. Même si j'y ai parfois songé, je dois l'admettre.

— Vraiment ?

— Je ne connais pas une femme à qui ce ne soit jamais arrivé. Tu sais, le mariage n'est pas que romance et émerveillement, comme les gens ont un peu trop tendance à le croire de nos jours : c'est du travail. Un travail très dur. Un travail dont la plus grande partie doit être faite par la femme.

— Vraiment ?

— Oh, oui. Regarde ton grand-père. Je doute qu'il sache réellement où se trouve la cuisine. Il serait incapable de se faire cuire un œuf, même si sa vie en dépendait. Il n'a certainement jamais envisagé la possibilité de me préparer un repas une seule fois dans sa vie, ou même de laver une tasse. Serait-il même capable de reconnaître un aspirateur s'il tombait dessus par hasard ? Tu sais, jadis les hommes allaient travailler et l'on considérait que c'était suffisant. La femme devait s'occuper de tout le reste. Les choses sont différentes désormais, bien entendu. Les femmes n'acceptent plus d'assumer toutes ces tâches seules.

Elles attendent plus de leur mari. Et si jamais elles se retrouvent dans une impasse, elles ne sont pas du genre à attendre patiemment que les choses s'arrangent. Non, elles changent de direction pour sortir de cette impasse.

– C'est ce qu'a fait maman ?
– Eh bien...

Ma grand-mère a hésité.

– Allez, mamie, dis-moi la vérité. Je suis personnellement concerné par cette affaire, tu sais. Tu crois que papa et maman vont bientôt se remettre ensemble ?
– Je l'espère, a répondu mamie. Je l'espère vraiment, mais...
– Oui ?

Elle a reposé sa tasse de thé d'un geste brusque.

– Ça n'aide pas que ton père passe son temps la tête dans les nuages.

Je me suis légèrement crispé. Qui que ce soit, je n'aime pas qu'on critique mon père.

Je pense que mamie l'a compris, parce qu'elle a ajouté :

– J'aime ce garçon, et ça ne doit pas être facile d'ignorer l'identité de son père et d'avoir perdu sa mère alors qu'il n'avait que...
– Douze ans, l'ai-je interrompue. Et d'avoir eu un beau-père cruel qui l'a envoyé dans un pensionnat et qui...
– Oui, je sais tout ça, m'a interrompu à son tour grand-mère. Mais, quand bien même.

Elle a levé les bras au ciel.

— Que fait-il avec toutes ces figurines et ces vidéos, ces DVD de films imbéciles qui envahissent toute la maison ? Sans compter le temps qu'il passe à les regarder.

Cet argument venant d'une femme qui collectionne les dés à coudre et qui regarde des séances de gym à la télé... mais je n'ai rien dit. Tout ça était très instructif.

— Ton père est tellement absorbé par ces mondes imaginaires qu'il ne voit même plus ce qui se passe sous son propre nez, a-t-elle continué. Ta mère a toujours fait bonne figure. Elle me ressemble beaucoup sur ce point. Mais elle était malheureuse depuis longtemps. J'avais compris ça. Mais lui n'a compris aucun des avertissements, et à la fin... ta mère s'est sentie négligée une fois de trop. C'est en tout cas comme ça que je vois les choses.

— Ils ne se parlent même plus maintenant, tu sais, ai-je murmuré.

Mamie a hoché la tête gravement.

— Ta mère lui a proposé de dîner avec vous l'autre soir, d'entretenir des relations civilisées, mais il a été très grossier, devant ta sœur et toi, en plus.

— Il était bouleversé parce que maman avait repeint leur chambre à coucher en jaune sans même lui demander son avis.

Ma grand-mère a fait un large geste pour balayer l'argument.

– Si seulement ton père voulait bien…
Elle a hésité.
– Quoi ? Vas-y, mamie, dis-le-moi, s'il te plaît !

Mon empressement n'a provoqué chez elle que l'apparition d'un sourire crispé.

– Si seulement il voulait bien discuter et admettre qu'il aurait pu en faire plus, reconnaître que c'est lui le fautif. Qu'il fasse le premier pas.

Plus je pensais à ce que me disait mamie, plus je pensais qu'elle avait raison. Ça ne devait pas être facile pour maman de s'occuper de tout chaque soir. Pas une seule fois papa ne lui avait proposé de faire la cuisine, de passer l'aspirateur ou de l'emmener dîner au restaurant.

Oui, c'était ça : j'étais persuadé que si papa emmenait maman dîner dehors un soir – et s'il payait l'addition, bien entendu –, les choses repartiraient comme avant. J'ai parlé de mon idée à Claire, elle était très enthousiaste.

Il ne me restait plus qu'à en parler à papa.

J'avais l'impression qu'il était parti depuis des années. Et lorsqu'il a finalement appelé pour dire qu'il était revenu de Belgique, je crois que je me suis montré un peu trop empressé. Comprenez-moi, deux mois avaient déjà passé. Il était grand temps que papa et maman se remettent ensemble. Je sais qu'on ne pouvait comptabiliser les deux dernières semaines que mon père avait passées à l'étranger. Mais qu'importe, je ne voulais pas jouer les prolongations.

C'est probablement pourquoi j'y suis allé un peu fort pour mettre mon plan à exécution. De toute manière, tout ça était très mal parti. Papa ne montrait aucune intention de faire le premier pas et de sortir avec maman. Je ne voulais pas dramatiser devant Claire, mais j'avais fait un bide total.

Pour ne rien arranger, nous n'avions rien d'autre à nous dire avec papa au téléphone. Il paraissait avoir l'esprit ailleurs. Je le sentais loin, très loin. Quelque chose le tracassait-il ?

Son appel suivant n'a pas été plus brillant. Mon père semblait s'éloigner de plus en plus. Peut-être ne supportait-il pas de vivre seul. Pour tout vous dire, Claire et moi ne supportions pas non plus qu'il vive seul. C'est pourquoi j'ai essayé de suggérer une nouvelle fois l'idée d'un dîner en ville avec ma mère – avec beaucoup de tact cette fois-ci. Mais, à nouveau, ça n'a mené nulle part.

Claire ressentait la même chose que moi.

– Papa n'est pas lui-même, tu ne trouves pas ? m'a-t-elle demandé.

– Je crois qu'il s'ennuie loin de la maison, ai-je répondu.

Il était prévu qu'il vienne nous chercher dimanche pour faire un tour, comme d'habitude, mais à la dernière minute il a annulé parce qu'il avait attrapé la grippe et qu'il ne voulait pas nous contaminer.

– Tu ne pourrais pas mettre un masque ? ai-je suggéré. Tu ressemblerais à Dark Vador et...

Mon père s'est mis à rire de sa voix enrouée et m'a répondu :

— Désolé, mais je suis coincé à la maison pour l'instant.

— Tu veux que Claire et moi venions te voir ? ai-je proposé. Nous serons sages comme des images, tu peux nous croire, nous ne...

— J'aimerais vraiment que vous me rendiez visite, m'a interrompu papa, mais pas maintenant, vraiment.

— Alors comment vas-tu faire pour t'occuper tout seul de ta maison ? ai-je demandé.

— Oh, je vais me débrouiller, ne t'inquiète pas. Rachel vient me voir tous les jours et elle prend soin de moi.

Puis il a rapidement changé de sujet pour me parler de la dernière figurine *Star Wars* qu'il avait récemment achetée, une véritable pièce de musée selon lui.

C'est seulement plus tard que j'ai repensé à Rachel. Elle est copropriétaire du magasin *Fantastique en tout genre*, avec mon père et Dave, un type immense avec une figure rouge écarlate. Rachel est très mignonne. En fait, j'ai craqué pour elle une fois – ça a duré au moins toute une journée. Elle est éblouissante dans son genre, avec ses longs cheveux teints en orange et toutes les bagues incroyables qu'elle porte aux doigts, elle a même un anneau dans le nez. Et c'est une spécialiste du *Seigneur des anneaux*...

Bon, c'était gentil de sa part de venir s'occuper chaque jour de mon père. Très gentil. Voilà ce que je pensais, jusqu'à ce que j'informe Lee des derniers développements de l'histoire. Dès que j'ai mentionné le prénom de Rachel, il s'est mis à se racler la gorge comme s'il venait d'avaler quelque chose de travers.

– Qu'est-ce qu'il y a ?

Il a fait une grimace.

– Je peux me tromper complètement, a-t-il répondu.

– Dis-moi.

– Bien, tu n'as pas vu ton père depuis un bon moment, n'est-ce pas ? Et quand tu lui parles, il te paraît toujours un peu ailleurs, comme s'il était préoccupé par autre chose.

– Oui.

– Mon père avait exactement le même comportement lorsqu'il a rencontré sa copine.

J'ai laissé la bombe qu'il venait de me lancer en suspension dans l'air quelques instants.

– Impossible, mon pote.

– D'accord.

– Pour commencer, Rachel est beaucoup plus jeune que mon père.

Lee s'est contenté de me regarder, je n'avais pas besoin qu'il me rappelle que son père avait quelques siècles de plus que sa nouvelle compagne.

– Mais c'est toi, ai-je repris, qui m'as toujours dit que mes parents allaient finir par se remettre ensemble.

—Et je reste persuadé qu'ils le feront, a confirmé Lee. C'est juste que si ton père voit cette fille et je sais que ce serait énorme, mais si… si jamais ils sortent ensemble, alors ça change tout. J'essaie simplement d'être honnête avec toi, tu es mon ami.

—Je sais.

—Écoute, répète-moi exactement ce que t'a dit ton père au sujet de Rachel.

Je me suis creusé la tête pour me rappeler au mieux.

—Il m'a juste dit qu'elle venait le voir tous les jours.

—Tous les jours, a répété Lee de façon inquiétante.

—Et qu'elle prenait soin de lui. C'est tout. Il a passé le reste de son temps à me parler de la nouvelle figurine *Star Wars* qu'il s'était achetée.

—*Star Wars*! s'est exclamé Lee, l'air enfin soulagé. Tu peux être tranquille alors.

—Pourquoi ?

Il a baissé la voix, comme un médecin qui s'apprête à vous annoncer quelque chose de très personnel.

—Eh bien, si un homme s'intéresse tant que ça à *Star Wars*, ça signifie généralement qu'il n'a pas de femme dans sa vie en ce moment.

—Je ne savais pas ça.

—Oh si, c'est un fait scientifiquement prouvé.

—Waouh !

—J'ai lu ça quelque part, dans un magazine de ma mère… Oui, j'en suis certain.

J'ai éclaté de rire, soulagé.

—Pour *Star Wars*, hip, hip, hip… hourra !

Chapitre 8

Quelques soirs plus tard, ma mère se plaignait du travail qu'elle avait eu au bureau. Comme elle nous répétait ça chaque jour, je n'écoutais pas vraiment. Elle a cependant ajouté quelque chose de nouveau : comme si de rien n'était, elle nous a prévenus qu'une personne de la banque allait venir faire un saut à la maison le lendemain soir et lui donner un coup de main pour l'aider à s'en sortir.

— Comment s'appelle ta collègue ? a immédiatement demandé Claire.

— Roger Saumon, a répondu maman.

— Un nom bien étrange pour une femme, ai-je fait remarquer.

— Il occupe un poste à responsabilité au siège de la banque, qui se trouve à quelques kilomètres d'ici. J'ai beaucoup de chance qu'il accepte de m'offrir un peu de son temps.

Claire et moi n'avons pas jugé bon de déclencher le plan d'urgence. Un type venait travailler à la maison avec maman pour lui donner un coup de main, pas de quoi en faire toute une histoire. Mais nous restions tout de même méfiants. Surtout Claire.

Elle a découvert deux ou trois autres choses à son sujet : il avait la quarantaine, était célibataire et promis à un bel avenir. En d'autres termes, c'était un gros bosseur.

Et c'est ainsi que, le soir suivant, cette énorme Jaguar bleu foncé s'est arrêtée devant le garage, à la place de papa. Je ne supportais pas de voir ça. Je savais que c'était l'endroit le plus logique pour se garer, mais c'était la place de papa, et personne n'aurait dû l'occuper tant qu'il n'était pas revenu à la maison.

Nous avons aperçu un homme avec un long manteau (alors que nous étions en avril et que la soirée était douce) sortir de la voiture. Il portait un attaché-case. On aurait dit un médecin venant faire sa visite du soir.

Maman s'est mise à babiller avec excitation :

– C'est tellement gentil à vous. J'espère que vous n'avez pas eu de mal à trouver.

– Non, aucun problème, vos explications étaient parfaites.

Il parlait du nez avec une espèce de voix pleurnicharde. Puis il s'est légèrement raclé la gorge, un peu comme un phoque réclamant un poisson. Claire s'est tournée vers moi en ricanant bêtement.

– Venez dans la cuisine, lui a proposé maman, je nous ai préparé un petit en-cas…

Impossible d'entendre la suite. Alors nous nous sommes installés devant la télé pour regarder *Les 24 Heures du dessin animé* sur une chaîne du satellite.

Quelques heures avaient dû s'écouler lorsque nous avons entendu des pas dans le couloir.

— Il part, ai-je murmuré.

— Il est temps, a estimé Claire.

C'est alors que la porte du salon s'est ouverte et que maman a annoncé :

— M. Saumon voudrait vous dire bonsoir.

Il est entré dans la pièce.

À quoi ressemblait-il ? Bon, si je devais vous le décrire : imaginez-vous une créature d'un mètre quatre-vingts avec d'épais cheveux bruns et des dents éclatantes. Il portait un costume très chic, très élégant. Ses ongles brillaient. Lorsqu'il m'a serré la main, j'ai remarqué que même son parfum sentait cher.

Sans qu'on l'invite, il s'est installé dans le fauteuil de papa ; il semblait content, parfaitement à l'aise, à croire qu'il avait l'habitude de s'asseoir à cet endroit depuis des années.

Claire paraissait à la fois effrayée et en colère, comme si un monstre sorti tout droit d'un film d'horreur s'était assis juste en face d'elle. Je me suis efforcé de la jouer cool. Même lorsqu'il nous a demandé d'éteindre la télé… De toute manière, j'avais l'intention de l'éteindre aussi, et puis il a prononcé un semblant d'excuse :

— Désolé, mais je ne suis pas un grand consommateur de petit écran. Je ne regarde que le golf et la météo, c'est tout.

— La météo, c'est aussi ce que je préfère, ai-je répondu.

Claire a laissé échapper un rire et quelques postillons. Je me suis dit que j'allais laisser une chance à cet imbécile et lui ai demandé ce qu'il faisait exactement à la banque.

Je suis maintenant capable de supporter une conversation avec des adultes. Il m'arrive parfois de parler avec des personnes âgées à l'arrêt de bus, et j'aime bien ça. Mais Roger était l'homme le plus ennuyeux du monde. Il parlait encore et encore, de lui, rien que de lui. Comme une leçon particulière à domicile qui n'en finit pas et dont vous n'avez strictement rien à faire. Dans quelques minutes il me faudrait des allumettes pour garder les yeux ouverts.

Puis est arrivée la question qui tue :

— Et toi, tu as de l'argent de poche ? m'a-t-il demandé.

— Oui, ai-je répondu prudemment.

— Et je peux te demander combien tu as déjà investi ?

Maman l'écoutait avec ravissement lorsqu'il a commencé à m'expliquer les différentes formules de comptes d'épargne pour enfants et les intérêts que chacun pouvait rapporter. Dans quelques minutes, il allait sans doute me demander si j'avais déjà ouvert un plan d'épargne retraite. Et je savais parfaitement qu'il faisait son petit numéro pour maman, parce qu'il n'arrêtait pas de la regarder en souriant.

Pour être honnête, il n'arrivait pas à détacher les yeux de ma mère. C'est vrai qu'elle ne fait absolument pas son âge. Elle paraît encore très jeune, elle est grande et mince, blonde, elle a une allure incroyable, surtout lorsqu'elle est habillée pour aller travailler.

J'aurais eu de réels doutes quant aux intentions de Roger s'il n'avait pas été un parfait pauvre type.

Quand il est parti, Claire s'est exclamée :

– Ah, il est vraiment odieux ! Il n'a fait que parler de lui.

– Ne t'inquiète pas pour Roger, nous ne sommes pas près de le revoir, l'ai-je rassurée.

J'avais tort.

Deux choses sont arrivées dans les jours qui ont suivi : tout d'abord, maman a obtenu une promotion. Elle était folle de joie, et nous étions très contents pour elle. Elle nous a expliqué qu'avec ses nouvelles responsabilités elle pourrait faire une partie de son travail supplémentaire à la maison. Il n'y avait donc pas de problème pour nous.

Elle nous a ensuite annoncé qu'elle allait travailler sur un dossier très important avec... Ah, vous avez deviné qui, n'est-ce pas ?

Eh oui, Roger n'a pas tardé à revenir rôder chez nous. Il est arrivé plus tôt cette fois, peu de temps après que nous étions revenus de l'école.

Nous sommes montés pour faire nos devoirs, mais je n'arrivais vraiment pas à me concentrer. Plus surprenant encore, Claire non plus.

Nous avons donc décidé d'écouter de la musique dans ma chambre. Mais le premier morceau n'était pas encore terminé que maman nous a demandé, du bas des escaliers, de baisser le son.

– Je parie que c'est à cause de Roger, ai-je dit. Il doit avoir les oreilles qui saignent, ou un truc comme ça, lorsqu'il entend de la musique.

Plus tard, nous sommes descendus avec ma sœur dans le salon pour voir ce qu'il y avait à la télé. À peine nous étions-nous installés que ma mère, qui semblait passablement agitée, a passé sa tête dans la pièce.

– J'ai demandé à Roger de rester dîner avec nous. Vous voulez bien vous occuper de notre invité pendant que je prépare le repas ?

Nous ne pouvions pas vraiment refuser, n'est-ce pas ? Nous avons donc éteint la télé une fois de plus, et Roger a commencé à nous bombarder de questions : quelle était notre matière favorite ? Quand auraient lieu nos prochains contrôles ? Quels sports préférions-nous ? Je suis certain qu'il avait révisé cet interrogatoire avant de venir.

Puis il a commencé à nous parler de sa scolarité :
– À mon tour maintenant, a-t-il dit. Quand j'allais à l'école, écoutez bien ce que je vais vous dire…

Et il s'est mis à nous débiter des histoires sans

intérêt. Impossible de l'arrêter, jusqu'à ce que maman nous appelle :

— Les enfants, l'un de vous ne voudrait pas venir mettre la table ?

J'étais sur le point de me précipiter — j'aurais fait n'importe quoi pour que tout ça cesse — lorsque Claire m'a murmuré :

— Laisse-moi y aller, s'il te plaît, je t'en supplie.

Devais-je gentiment permettre à Claire de s'échapper, lui céder ma place ? J'étais en train de peser le pour et le contre lorsque Roger intervint :

— Je vous rappelle que votre mère a demandé que l'un de vous aille l'aider.

Nous étions sous le choc, ma sœur et moi. De quoi se mêlait-il, celui-là ? Il n'avait absolument rien à voir dans cette affaire qui ne regardait que nous.

Et puis — vous n'allez pas le croire — il a continué en disant :

— Si votre mère est assez gentille pour vous préparer un repas, je crois que la moindre des choses serait que vous alliez lui donner un coup de main. Vous ne croyez pas ?

C'était tellement déplacé que nous sommes tous les deux restés bouche bée. Comment osait-il nous faire la leçon ? Il n'avait aucun droit sur nous. J'ai dû faire un tel effort sur moi-même pour refouler ma colère que je suis resté muet pendant quelques secondes.

Finalement, j'ai réussi à me calmer et j'ai dit :

— Claire, tu peux y aller si tu veux, va aider maman.
— Merci, Joe, j'y vais, a-t-elle répondu.

À peine était-elle partie que Roger a repris son interrogatoire en règle :

— Alors, dis-moi maintenant, quelles sont tes passions ?

J'ai réfléchi.

— Ma passion est de regarder sous mon lit, je peux passer des heures à faire ça. C'est vraiment très amusant.

Même lui a senti le sarcasme dans ma voix, du coup il ne m'a pas posé d'autres questions. Au lieu de ça, nous sommes restés assis en silence (ce qui me convenait parfaitement) jusqu'à ce que maman nous appelle pour venir à table.

Claire et moi n'avons pas été impolis ou impertinents durant le dîner, mais je ne peux pas dire non plus que nous ayons été très loquaces. Au lieu de ça, nous avons adopté un ton très neutre, plutôt triste, en parlant à voix basse et en nous lançant des regards malheureux. Je dois admettre que je m'amusais plutôt. Mais j'étais aussi très en colère.

Pourquoi nous obliger à supporter cet homme ? Nous n'avions rien à faire avec lui, il se sentait pourtant autorisé à nous donner des ordres.

Roger est parti immédiatement après le repas. Il n'est même pas resté boire un café. Quel dommage !

Maman nous lançait maintenant des regards furieux.

— Mais qu'est-ce qui vous a pris à tous les deux ? On aurait dit deux orphelins perdus au milieu d'une tempête ! Je ne savais pas où me mettre.

— Nous ne l'aimons pas, a murmuré Claire.

— Ah, vraiment ? s'est exclamée maman. Et vous pensez peut-être que j'aime tous vos amis ? Pourtant, je suis toujours aimable et polie avec eux, n'est-ce pas ? Vous ne méritez pas le cadeau qu'il vous a laissé.

— Le cadeau ?

— Oui, il vous a laissé vingt livres chacun. Je lui ai dit que ce n'était vraiment pas la peine, mais il a insisté.

— Nous ne voulons rien de lui ! s'est écriée Claire.

— Très bien, a répliqué maman, visiblement exaspérée par notre comportement. Je pose l'argent sur la table de l'entrée. Si vous ne le prenez pas, je serai ravie de le dépenser moi-même.

Nous avons pris l'argent avec l'intention de lui renvoyer par la poste dès le lendemain matin. Sauf que nous ne l'avons pas fait. Claire a suggéré que nous l'enterrions dans le jardin. J'ai trouvé ça stupide. Finalement, nous n'avons rien décidé pour cet argent impur, il traîne toujours quelque part, comme une mauvaise odeur.

Je continue à me demander pourquoi Roger nous a donné cet argent. Nous n'avions pas été particulièrement aimables avec lui. Était-ce un moyen d'acheter notre silence chaque fois qu'il viendrait à la maison, jusqu'à ce qu'il réussisse à se marier avec ma mère —

et qu'il finisse par nous envoyer en pension, ma sœur et moi… ?

Ça se bousculait dans mon cerveau. Une chose était sûre, je n'aimais pas Roger, et je ne lui faisais pas confiance non plus. Et je détestais le voir chez moi, se garer à la place de mon père.

Et d'ailleurs, où était-il, mon père ?

Chapitre 9

Papa a finalement appelé pour dire qu'il viendrait nous chercher dimanche prochain. Claire et moi étions impatients d'assister à ce retour tant attendu dans son ancienne et vénérable demeure. Mais, devinez quoi, le samedi soir il a téléphoné pour prévenir qu'il annulait encore. Il prétendait que sa grippe n'était pas entièrement guérie et que, tout compte fait, il ne se sentait pas assez en forme pour sortir avec nous.

J'avais vraiment le sentiment d'avoir été trompé et d'être laissé à l'abandon. Il aurait quand même pu passer une demi-heure, simplement pour nous dire bonjour. Je n'en ai pas discuté avec Claire, inutile de la stresser plus que ça. Mais j'en ai évidemment parlé à Lee.

Le dimanche après-midi, le téléphone a sonné. C'était Lee à l'autre bout du fil. J'étais assez surpris, car je savais que son grand-père et sa grand-mère (du côté de son père) venaient faire leur visite annuelle, et qu'ils l'emmènent souvent faire un tour.

– Je suis dans une cabine téléphonique, alors je ne vais pas pouvoir parler longtemps.

Il avait une drôle de voix.

– Où es-tu ?

– Dans le centre-ville, m'a-t-il répondu. Ils ont décidé de m'acheter deux ou trois trucs.

– Parfait, ça les occupe.

– Mais je… je… a-t-il bredouillé, embarrassé, avant de devenir totalement muet.

Un bip a retenti. Il a remis des pièces dans l'appareil, la tonalité s'est rétablie et je lui ai alors demandé :

– Alors, mon pote, qu'est-ce qui ne va pas ?

– Rien, probablement rien du tout.

Mais je l'ai entendu déglutir bruyamment.

– C'est juste que je suis allé à *Fantastique en tout genre*, et ton père était là, avec cette fille, Rachel… Je tenais juste à te prévenir.

J'avais l'impression qu'on me serrait soudain la gorge très fort, mais j'ai quand même réussi à répondre :

– Oui, tu as bien fait. Merci de m'avoir prévenu, tu es un véritable ami.

Puis le bip a retenti de nouveau et Lee a dû partir. J'ai raccroché le téléphone. J'étais sonné, et vraiment très en colère.

Qu'est-ce qui arrivait à mes parents ?

D'abord, c'était ma mère qui nous avait imposé Roger le boulet qui, après cinq minutes passées chez nous, se sentait déjà autorisé à nous donner des ordres, à Claire et moi. Et c'était maintenant au tour de mon père, qui préférait faire le joli cœur dans sa boutique avec une jeune femme qui pourrait être sa fille plutôt que de venir voir ses propres enfants.

Il n'avait probablement jamais eu de grippe du tout. Ça n'avait été qu'une excuse pour se débarrasser de nous et passer plus de temps avec elle.

J'imaginais mon père dans le magasin, souriant et charmant avec Rachel, tandis qu'elle rejetait ses longs cheveux en arrière et riait à chaque parole qu'il prononçait. Je voyais la scène aussi clairement que si je les observais par la vitrine.

Mais il n'avait pas le droit. Mon père devait assumer ses responsabilités. Il ne pouvait pas nous abandonner comme ça, ma sœur et moi. C'est pourtant ce que font les pères. Prenez celui de Lee. Lee ne l'avait pas vu pendant près d'un an.

J'ai regardé ma montre. La boutique restait ouverte jusqu'à dix-sept heures le dimanche. Ce qui me laissait un peu plus de deux heures pour me rendre au centre-ville en bus, aller voir mon père et lui dire… je ne savais pas trop quoi en fait. Peut-être devrais-je simplement rester à le regarder durant un moment pour lui faire comprendre que je savais tout de son histoire avec Rachel, de sa prétendue grippe, et soudain disparaître comme j'étais venu.

Je pensais qu'il valait mieux que personne ne soit au courant de cette mission (ma mère aurait évidemment tout fait pour essayer de m'en empêcher).

Je leur ai donc raconté, à Claire et elle, que j'allais voir Lee.

Puis je me suis précipité à l'arrêt de bus, mais j'ai attendu si longtemps qu'il en vienne un qu'il était presque seize heures quand je suis arrivé en ville. Et *Fantastique en tout genre* ne se situe pas exactement en plein centre. En fait, la boutique est perdue au fond d'une petite rue sinistre. Même si la boutique elle-même n'a rien de sinistre. La vitrine est toujours décorée avec de super affiches et remplie de modèles d'exposition.

La sonnerie de la porte joue la musique de *Star Wars*, vous êtes immédiatement dans l'ambiance comme ça. (Papa avait voulu installer la même à la maison, mais ma mère avait catégoriquement refusé.)

Une fois entré, vous ne savez simplement pas où donner de la tête : il y a des figurines, des jeux vidéo, des DVD, des jeux de société, des cartes, des livres, tout ça entassé dans un espace plutôt réduit. En plus, il y a deux immenses silhouettes en carton, une de Batman et une de Dark Vador. Pour compléter le tout, un coin, baptisé « l'hyper espace », est réservé aux articles d'occasion.

En temps normal, je me sens plutôt fier lorsque je promène mon regard dans ce magasin vraiment pas comme les autres. Mais aujourd'hui c'était différent. Aujourd'hui, rien que de voir la devanture me donnait la nausée. Je ne voyais pas papa, mais Rachel était bien là, occupée à servir le seul client du magasin – un type avec un vieux blouson en cuir râpé sur le dos. Il a rangé ce qu'il venait d'acheter dans un sac à dos qui n'était pas en meilleur état que son blouson, puis a remis son casque audio sur ses oreilles avant de partir.

Rachel a roucoulé de plaisir quand elle m'a vu arriver :

— Oh, Joe, quelle surprise ! Ça fait tellement longtemps que je ne t'ai pas vu ! Tu as grandi, a-t-elle ajouté, comme si je ne l'avais pas remarqué.

Elle semblait effectivement si contente de me voir que j'étais déstabilisé. Elle n'était pas embarrassée le moins du monde.

— Alors, comment vas-tu ? m'a-t-elle demandé sur le ton de la confidence.

Elle portait encore plus de bagues que dans mon souvenir.

— Je vais bien, ai-je répondu un peu sèchement. Je suis venu pour voir mon père.

— Oh, parfait... a-t-elle dit, avant d'ajouter : ce virus l'a vraiment mis à plat. Et maintenant, Dave l'a attrapé aussi. C'est pourquoi ton père s'est proposé pour donner un coup de main.

Comme le magasin était complètement vide à présent, elle a ajouté :

— Nous avons eu beaucoup de monde en début d'après-midi. Enfin, peu importe, ton père est dans la réserve. Il met de l'ordre dans le courrier qui s'entasse depuis des années-lumière.

Elle a éclaté de rire.

– Il va être vraiment content de te voir. Je t'accompagne en bas, viens avec moi.

Une fois, il y a des années, papa m'avait autorisé à passer derrière le comptoir pour aller visiter cette pièce secrète, magique : la réserve du sous-sol. J'avais été tellement impressionné… J'étais resté là, à regarder tout autour de moi avec émerveillement tous ces cartons empilés (il m'avait laissé en ouvrir quelques-uns), ces rangées de figurines, ces étagères remplies d'affiches. Tous ces personnages sortis d'univers si différents, tous rassemblés là, sous la présidence silencieuse d'une silhouette géante de Luke Skywalker.

Tout était bien comme avant, mon père en plus.

J'ai eu droit à deux chocs pour le prix d'un lorsque je l'ai découvert. Non seulement il était d'une pâleur maladive mais, en plus, il était tout débraillé, négligé. Ses cheveux étaient longs et graisseux, la chemise qu'il portait était couverte de taches, il paraissait si triste, si seul et, tout à coup, tellement plus âgé. J'avais l'impression que quatre ans étaient passés depuis la dernière fois où je l'avais vu, et pas quatre semaines.

Il triait des lettres quand il m'a vu arriver. Son premier réflexe a été de se lever précipitamment.

– Tout va bien ? m'a-t-il demandé, ses grands yeux marron – des yeux d'épagneul, comme ma mère les avait appelés une fois – fixés sur moi.

– Tout va bien.

– Claire va bien ? a insisté papa.

— Elle s'éclate.
— Et ta mère ? a-t-il ajouté d'une voix plus basse.
— Elle s'éclate aussi.

Mon père a paru soudain plus soulagé.

— Joe est juste passé pour te voir, Nick, a expliqué Rachel. C'est vraiment sympa.

Nous avons entendu la sonnerie *Star Wars* de la porte du magasin et elle s'est précipitée à l'étage.

— Bien, bien, a repris papa. Alors, comme ça, tu es simplement passé.

— Oui, je voulais me rappeler à quoi tu ressemblais.

J'étais désormais persuadé que mon père n'avait pas voulu nous laisser tomber, Claire et moi. Et j'avais de gros doutes sur le fait qu'il sorte avec Rachel. Rien ne l'indiquait dans leur comportement en tout cas. Pour être honnête, papa était dans un tel état qu'il était difficile d'imaginer une femme dotée d'une vision correcte lui trouver un quelconque charme en ce moment. Mais je ne pouvais cependant m'empêcher de ressentir une pointe de colère en voyant papa travailler au magasin alors qu'il aurait dû être avec nous.

— Je suis surpris que tu ne sois pas venu nous chercher, ai-je dit.

Mon père a souri comme pour s'excuser.

— J'ai eu peur que, en me voyant dans cet état, vous ne soyez traumatisés pour le restant de vos jours.

— Tu nous manques.

Papa semblait content d'entendre ça, mais un peu surpris. Puis il a entrepris de me préparer une tasse de thé. Il s'est agité dans tous les sens, à la recherche d'un paquet de gâteaux qu'il n'a jamais trouvé. Il s'est ensuite aperçu qu'il n'avait pas de sachets de thé non plus.

– J'étais persuadé qu'il en restait, a-t-il dit, visiblement perplexe. Il doit y en avoir là-haut.

Il est revenu quelques minutes plus tard avec du thé. J'ai remarqué combien il était essoufflé : il lui avait suffi de monter et de descendre les escaliers pour se fatiguer. À croire qu'il avait perdu toute son énergie.

– Je ne crois pas qu'il soit très bon, a-t-il annoncé.

– Plus il est mauvais, plus je l'aime.

– Alors tu vas l'adorer, a-t-il repris en riant. Et j'ai bien peur que les petites cuillères aient également pris la fuite. Il va donc falloir remuer ton sucre avec un stylo.

Il a posé sa tasse sur le bureau.

– Il paraît que ça porte bonheur de remuer dans le sens inverse des aiguilles d'une montre.

– Je vais essayer de remonter le temps le plus rapidement possible alors, ai-je plaisanté.

Papa a sincèrement éclaté de rire. Il a commencé à se détendre un peu et m'a parlé du nouveau stock de marchandises qu'ils venaient de recevoir. Pendant tout ce temps, je ne pouvais m'empêcher de penser que ce n'était pas simplement à cause de la grippe qu'il s'était ainsi laissé aller. Il était incapable de vivre seul. Il était complètement perdu, Claire lui manquait, je lui manquais – et, oui, maman lui manquait aussi.

La sonnerie *Star Wars* n'arrêtait pas de retentir, encore et encore.

– Nous avons toujours beaucoup de monde juste avant la fermeture, a expliqué papa. Je crois que je ferais mieux d'aller donner un coup de main à Rachel.

– Oui, je dois rentrer dîner de toute manière.

– Et il vaut mieux que tu ne sois pas en retard, a ajouté papa.

Mais il l'avait dit avec beaucoup d'humour.

Une fois en haut, il a insisté pour m'appeler un taxi. Et pendant que j'attendais, il m'a proposé de choisir ce qui me ferait plaisir et de prendre aussi quelque chose pour Claire.

Puis un client d'un certain âge a demandé à papa s'il n'avait pas un épisode précis de je ne sais quelle série de science-fiction des années soixante, dont je ne connaissais même pas le nom, et qu'il n'avait pu trouver nulle part. Mon père a été fouiller dans l'hyper espace avant de revenir avec une vieille cassette vidéo : exactement celle que l'autre recherchait. Il était comme un fou. Il n'arrêtait pas de répéter :

– Je n'arrive pas à y croire, ça faisait des mois que je la cherchais !

Une fois, papa m'avait expliqué que sa plus grande joie était de trouver des choses auxquelles les gens tenaient vraiment. Et je comprenais mieux pourquoi maintenant.

Je l'ai laissé dans son petit royaume, toujours en grande conversation avec son client. Je savais qu'il devait redouter de rentrer chez lui, seul dans une maison vide.

Lorsque je suis arrivé à la maison, maman était en train de repeindre le salon.

— Je suis désolée, Joe, mais nous allons dîner un peu tard ce soir, m'a-t-elle prévenu. Je pensais avoir fini bien avant... mais j'ai été retardée.

Claire s'est alors tournée vers moi en me chuchotant :

— Joe, viens vite, j'ai quelque chose de très important à te raconter.

Chapitre 10

Nous sommes montés dans la chambre de ma sœur. Elle était complètement excitée, elle n'arrêtait pas de sautiller sur place, alors je l'ai prévenue :
– Si tu ne te calmes pas, je jure que je vais te prescrire des somnifères pour éléphant.
– Je n'y peux rien. Tu ne devineras jamais qui est passé.
– Vas-y, étonne-moi.
– Roger !
– Quoi !
Mais comme je la voyais si contente, j'ai demandé :
– Et alors, qu'est-ce qui s'est passé ?
– Maman et lui se sont installés dans le salon, alors je me suis dit que j'allais m'approcher discrètement pour écouter la conversation.
– Un bon point pour toi, l'ai-je félicitée, tout en pensant qu'elle n'aurait jamais fait une chose pareille il y a encore quelques semaines.
– Au départ, a repris Claire, il n'arrêtait pas de

parler, comme d'habitude, de sa voix monotone. Et puis il a dit à maman : « Je vous ai apporté un petit cadeau, des chocolats que j'espère vous apprécierez... des douceurs pour une douce. »

— Il n'a pas osé, quand même ?

Claire a fait oui de la tête.

— Tout le vomi du monde ne suffirait pas à exprimer mon dégoût.

— Et tu devrais voir la boîte de chocolats qu'il a offerte à maman ! Elle est énorme, avec trois étages et des rubans bleus partout.

— Il jette son argent par les fenêtres, mais attends qu'il sorte avec maman. Alors je te parie qu'il va lui pousser des oursins dans les poches. De toute manière, j'espère que tout ça va s'arranger.

— Mais oui, tu vas voir, attends ! s'est écriée Claire.

— Continue, je meurs d'impatience.

— Ensuite, il a demandé à maman si elle accepterait qu'il l'emmène dîner un soir.

— Un rendez-vous, quoi ! Il ne doute vraiment de rien, ai-je grommelé.

— Il a suggéré une date et maman a répondu non. Alors il en a proposé une autre et elle a répondu : « Non, ce ne serait pas très convenable de toute manière. » Puis, finalement, maman a dit : « Roger, soyez assez gentil pour partir maintenant, je vous apprécie beaucoup comme ami mais, vous savez, je viens à peine de me séparer de mon mari. »

— Elle a vraiment dit ça ? me suis-je exclamé.

— Mot pour mot. J'en aurais crié de joie.
— J'espère bien. Et Roger, qu'est-ce qu'il a dit ensuite ?
— Pas grand-chose. En fait, il est parti presque immédiatement. J'ai juste eu le temps de remonter dans ma chambre.
— C'est une nouvelle formidable, ai-je reconnu.
— Et ça confirme ce que je te disais. Papa manque vraiment à maman.
— Et maman manque aussi beaucoup à papa, ai-je ajouté.
— Comment tu le sais ?
— Je viens juste de le voir.

Je n'ai pu m'empêcher d'éprouver un certain plaisir en voyant la tête de Claire, complètement abasourdie. Et puis je lui ai tout raconté, enfin, presque tout. J'ai laissé de côté mes doutes concernant Rachel et mon père (j'étais désormais à peu près certain qu'il ne s'était rien passé entre eux).

Arrivé à la fin de mon histoire, j'ai vu trembler sa lèvre inférieure.

— Pauvre papa ! s'est-elle lamentée.

J'ai hoché gravement la tête.

Puis elle a commencé à s'énerver :

— Ton copain avait promis que papa et maman ne resteraient pas séparés plus de huit semaines, a-t-elle lancé d'un ton accusateur. Mais ça va bientôt faire douze semaines qu'il est parti, et ils ne se parlent même plus.

– Tu ne peux pas en vouloir à Lee, ce n'est pas sa faute.

– Ce n'est pas ce que je suis en train de dire.

– C'est juste que papa et maman ont perdu de vue leur objectif initial, voilà le problème.

J'ai fixé Claire droit dans les yeux :

– Je crois que c'est à nous d'intervenir maintenant.

– Et comment, exactement ?

– Je ne sais pas trop.

Claire réfléchissait.

– Nous pourrions aller voir maman et lui expliquer dans quel état se trouve papa. Elle aurait certainement pitié de lui.

– Peut-être… mais je ne pense pas que ce soit une bonne idée.

– Pourquoi ?

– Eh bien, quand papa et maman se sont séparés, nous savons que c'est maman qui a mis papa dehors, n'est-ce pas ?

– Oui.

– Parce qu'elle en avait assez de tout faire à la maison, de prendre soin des affaires de papa qui ne l'aidait pas beaucoup, et qu'elle voulait faire un break pour souffler un peu. Alors si nous allons la voir en lui disant que papa a des problèmes et qu'il a besoin qu'elle s'occupe de lui, elle va penser : « Nous voilà repartis pour un tour, je vais me taper tout le boulot, comme d'habitude. » Résultat, elle sera encore plus énervée contre papa et pourra encore moins le supporter.

—Je comprends ce que tu veux dire, a admis Claire. Mais je n'aime pas savoir que papa vit tout seul.

—Moi non plus.

Claire a soudain poussé un petit cri.

—Je crois avoir trouvé une autre idée.

—J'écoute.

—Pourquoi tu n'irais pas vivre avec papa pendant un moment ? Tu pourrais t'occuper de lui et…

—Et vérifier qu'il mange bien des légumes verts, l'ai-je interrompue. C'est une brillante idée !

—Merci.

—Si brillante que je m'étonne même que tu l'aies eue, ai-je perfidement ajouté. Je pourrais peut-être en profiter pour l'aider à faire quelques progrès, pour soigner un peu son apparence dans un premier temps. Lui apprendre à se rendre plus utile dans une maison. Et comment préparer quelques petits plats. La seule chose que papa sache faire dans une cuisine, c'est griller des toasts. Il faut que ça change.

—Comme ça, dans quelques semaines nous dévoilerons notre nouveau père, avec toutes ses nouvelles qualités ! s'est exclamée Claire. Et maman sera tellement impressionnée…

—… qu'elle le fera revenir en vitesse, l'ai-je interrompue. C'est un plan éblouissant.

—La seule chose, c'est que… a commencé Claire… eh bien, j'ai eu l'idée la première.

—C'est vrai.

—Et pourtant, je ne vais rien avoir à faire du tout.

— Oh que si ! Tu vas même jouer un rôle crucial dans ce plan. Tu vas t'assurer que notre très cher ami Roger n'approche pas de la maison dans les prochaines semaines. Je suis persuadé qu'il prépare son retour.

— Tu crois ? a demandé Claire en me lançant un regard inquiet.

— Écoute, tu as vu la boîte de chocolats qu'il a offerte à maman, je suis prêt à parier que c'était la plus chère du magasin. Et il a également été très généreux avec nous, souviens-toi. Tu n'as pas oublié les vingt livres chacun ?

Claire a soupiré.

— Tu ne comprends donc pas, Roger dépense tout cet argent pour une seule et simple raison : impressionner maman. Et ce n'est pas un petit échec qui va le faire abandonner. Non, à l'heure qu'il est, il est probablement chez lui en train de réfléchir à son prochain coup, au meilleur moyen de faire céder maman. Alors, tu as intérêt à rester sur tes gardes.

— Tu peux compter sur moi, a affirmé Claire avec détermination.

— Et travaille maman sur le terrain psychologique.

— Qu'est-ce que tu veux dire ?

— Par exemple, rappelle-lui tous les bons moments qu'elle a passés avec papa. Il faut absolument qu'elle le voie de nouveau d'une manière positive. Alors, tu comprends que ton rôle est absolument primordial.

Claire était ravie à présent.

– Et quand crois-tu que notre père « nouvelle version » sera prêt ?

– Je pense avoir besoin de six ou sept semaines pour le mettre à niveau. Ce qui nous emmène vers la mi-juillet. Alors, nous essaierons d'organiser une rencontre à l'occasion d'un événement quelconque...

– Pour ton anniversaire, le 19 ! m'a interrompu Claire.

– Parfait ! me suis-je exclamé. Maman sera obligée de rencontrer papa ce jour-là, ce qui nous donnera l'occasion rêvée de lui montrer tous les progrès qu'il aura accomplis et... tout ira pour le mieux dans le meilleur des mondes. Cependant, ai-je ajouté, ils ne doivent en aucun cas suspecter ce que nous sommes en train de faire. Si jamais ils le découvrent, toute l'opération échouera.

– Et nous ne devons le dire à personne non plus.

Nous nous sommes regardés fixement. C'était un moment important.

– Il nous faudrait un nom de code pour cette opération, a estimé Claire, hyper motivée. Que penserais-tu de PNV, pour « père nouvelle version » ?

– PNV, ça me va très bien, ai-je répondu.

Nous avons entendu maman nous appeler pour nous demander de descendre. Claire s'est tournée vers moi en disant :

– Je suppose que maman ne s'opposera pas à ce que tu ailles habiter avec papa.

Voilà une chose à laquelle je n'avais pas pensé...

Chapitre 11

– Maman, je pourrais te parler une minute ?

C'était moi, nous étions lundi soir.

– Nous pouvons même parler deux minutes si tu veux, mon chéri.

C'était ma mère, toujours gaie et spirituelle. Elle venait juste de finir de peindre le salon pour la deuxième fois, après avoir décidé que le turquoise – la couleur qu'elle avait choisie hier – était une couleur trop froide et trop triste. Elle avait tout refait en blanc. Elle paraissait très contente du résultat, je me suis donc dit que c'était le bon moment pour lui parler. J'avais prévenu Claire, qui était partie se réfugier à toute allure dans sa chambre.

– D'abord, maman, ai-je commencé, je ne veux pas que tu le prennes mal, d'accord ?

Ma mère avait son petit sourire aux lèvres, persuadée que j'allais lui raconter quelque chose de drôle.

– Et je ne veux pas non plus que tu penses que je fais ça contre toi, tu comprends ? Mais j'aimerais aller voir où habite papa et rester vivre quelque temps avec lui.

J'avais essayé de dire tout ça le plus innocemment possible, mais les mots sont tombés comme des bombes.

D'un seul coup, le visage de ma mère a perdu toutes ses couleurs. Ça s'annonçait horrible.

— Mais pourquoi veux-tu faire ça ? a-t-elle demandé d'une voix étrange, comme étouffée.

Je me doutais qu'elle allait me demander ça, alors j'ai commencé à réciter la réponse que j'avais préparée à l'avance :

— En fait, Claire et moi nous sommes là tous les deux, alors que papa est tout seul dans sa maison. Je pense qu'il ne devrait pas se retrouver comme ça sans personne, pas tout le temps. C'est pourquoi j'aimerais aller lui tenir compagnie.

Puis j'ai ajouté, d'une voix de film d'horreur :
— Mais ne t'inquiète pas, je reviendrai…

Tandis que ma mère était assise en face de moi, les yeux hagards, j'ai marmonné :
— Cette petite séparation te fera du bien, tu n'auras plus à nous supporter tout le temps, mes mauvaises habitudes et moi. Imagine seulement combien ça va être agréable de pouvoir soulever un coussin sans découvrir une de mes chaussettes dessous. Tu vas vraiment pouvoir t'amuser, enfin débarrassée de la nuisance publique numéro un, tu ne crois pas ?

Ma mère s'est tournée vers moi et m'a regardé

droit dans les yeux. J'avais l'impression de l'entendre réfléchir.

— Je vais te dire quelque chose qui va certainement te choquer, a-t-elle finalement annoncé.

En temps normal, j'aurais trouvé quelque chose de drôle à répliquer, mais ma mère paraissait si sérieuse que, pour une fois, j'ai préféré me taire.

— Je me reconnais beaucoup en toi.

Là, j'ai ri.

— Tu plaisantes ?

— Non.

— Tu n'étais certainement pas aussi mauvaise que moi à l'école.

— Si, je crois. J'avais cette même attitude désinvolte face à tout ça, aux devoirs, aux examens. Mes parents estimaient que ça me regardait si je voulais travailler ou non, alors je ne travaillais pas. Bien entendu, j'ai échoué à presque tous les examens auxquels je me suis présentée. Je voyais tous mes amis partir faire des études, tandis que je restais coincée.

Passionnant, mais je ne voyais vraiment pas pourquoi elle me racontait tout ça maintenant.

— J'ai mis du temps à comprendre. Tu te souviens certainement de tous ces cours du soir que j'ai été obligée de suivre.

— Oui, très bien.

— Eh bien, Joe, je ne tiens pas à ce que tu commettes les mêmes erreurs que moi. Voilà pourquoi j'insiste pour que tu fasses correctement tes devoirs chaque soir. La semaine dernière, par exemple, quand tu avais cet exposé de géographie à préparer, que je n'arrêtais pas de te répéter : « N'oublie pas, c'est pour demain. » Je sais, j'ai été pénible d'insister, ça n'a pas été agréable pour toi. Mais je souhaite vraiment que tu réussisses.

Elle a marqué une pause.

— Je reconnais que ton père attache bien moins d'importance à ces choses.

Je voyais maintenant où elle voulait en venir.

— Ça n'a rien à voir avec le fait que je veuille aller vivre avec papa, maman.

— Et tu auras probablement plus de liberté avec ton père…

— Maman, ai-je répété, ça n'a rien à voir avec ma décision d'aller vivre là-bas.

Cette fois-ci, elle m'avait entendu.

— Alors pourquoi ?

— Je t'ai dit pourquoi, je veux juste passer un peu de temps avec lui. C'est tout, vraiment.

— Et combien de temps comptes-tu rester ?

— Six ou sept semaines, grand max, pas plus.

Cette conversation prenait un tour étrange : j'étais en train d'expliquer à ma mère combien de temps j'allais partir, comme si c'était moi le parent et pas elle.

— Et tu reviendras à la maison… ? a demandé maman.

— Le jour de mon anniversaire, le 19 juillet, je te le promets.

– Et tu as probablement parlé de tout ça avec ton père ?
– Oui, en effet.
En fait, je l'avais simplement eu rapidement au téléphone.

– Papa, c'est ton jour de chance, lui avais-je annoncé. Si maman est d'accord, je vais venir coucher chez toi dimanche soir et rester un bon moment.
Il semblait extrêmement surpris, mais il m'a répondu que j'étais le bienvenu, quoi qu'il arrive. Et voilà, j'avais changé de maison en moins de temps qu'il n'en faut pour faire cuire un œuf !

– Quand veux-tu partir ? a demandé maman.
– Dimanche dans la soirée, si ça ne te pose pas de problème.
– Tu continueras à venir nous voir ici, n'est-ce pas ?
– Bien entendu que je viendrai, ai-je répondu.
Avant d'insister, aussi gentiment que possible :
– Maman, j'aimerais vraiment aller vivre là-bas.
– Vraiment ? Je vois…
Elle est restée un moment sans bouger, triste et abattue.
– Parfait, si c'est ce que tu veux, je ne peux pas vraiment m'y opposer de toute manière, n'est-ce pas ?
– Merci, maman, tu es la meilleure.

Peu de temps après, le téléphone a sonné. Ma mère est allée répondre pendant que ma sœur me faisait de grands signes dans l'encadrement de la porte, pour que je vienne lui raconter ce que maman avait répondu.

– Elle a accepté, lui ai-je expliqué, mais elle est sous le choc, elle pense que j'ai changé de camp.

– Oh non ! s'est exclamée Claire. Alors que c'est pour son propre bien.

– Oui, tu as raison.

– J'ai déjà commencé mon opération PNV de mon côté. Tu veux voir ?

J'ai suivi Claire dans sa chambre. Elle avait couvert ses murs de photos de famille, la plupart prises pendant des vacances. Ma mère est une passionnée de campagne et de tout ce qui y vit. Montrez-lui des arbres, un champ et des vaches, c'est sa définition du bonheur. Nous avons donc passé la plupart de nos vacances au fin fond de la campagne, dans des fermes loin de tout.

Maman estime que les fermes sont « magnifiques et pleines de charme », même si la plupart n'étaient pas plus grandes que des maisons de poupées. Alors papa entrait dans une pièce, se cognait la tête dans une poutre et faisait semblant d'être assommé.

Toutes ces fermes minuscules, et plus particulièrement leurs petits escaliers étroits, étaient des endroits risqués, surtout pour quelqu'un de la taille de papa.

— Je risque ma vie chaque fois que je monte à l'étage, plaisantait-il.

En plus, il cassait toujours quelque chose. Une fois il s'est assis sur un tabouret qui s'est effondré sous son poids. Il a essayé de le réparer tant bien que mal, mais il n'y est jamais parvenu. Finalement, j'ai pris une photo de papa tenant ce qui restait du tabouret en faisant une grimace idiote tandis que, derrière lui, on voyait maman qui se retenait pour ne pas rire.

Cette photo était accrochée dans la chambre de Claire, comme celle que j'avais prise quelques instants plus tard, lorsque maman avait posé à son tour avec le tabouret. Elle n'essayait plus de garder son sérieux et riait désormais elle aussi de bon cœur.

Pour être honnête, je pense que ces vacances à la campagne étaient une véritable épreuve pour papa, qui aurait préféré mille fois s'allonger au soleil quelque part sur une plage. Mais il n'a jamais été boudeur ou grognon. Non, il n'arrêtait pas de faire le fou et se comportait toujours comme s'il s'agissait des plus belles vacances de sa vie.

— Avec ces photos, maman va pouvoir se rendre compte comment les choses étaient avant, a remarqué Claire, et combien elle s'amusait bien avec papa.

Sa voix s'est mise à trembler.

— Quand je me marierai, je ne laisserai pas les choses changer, je ferai tout pour que ma famille reste heureuse pour toujours.

— Parce que tu penses que quelqu'un va accepter de se marier avec toi ? ai-je plaisanté.

Maman est alors entrée dans la chambre.

— Joe t'a annoncé la nouvelle ? a-t-elle demandé. Il va nous quitter pendant quelque temps.

— Oui, il m'a dit.

— Il va nous manquer, n'est-ce pas ? a repris maman.

— Ça se pourrait, a-t-elle répondu en souriant.

Pendant les jours qui ont précédé mon départ, maman a été super. Elle ne m'a pas du tout fait la tête et, le dimanche après-midi, elle m'a même aidé à préparer mes affaires.

Nous avons descendu les valises dans l'entrée, après quoi maman m'a tendu une enveloppe.

— C'est pour ton père, m'a-t-elle expliqué. Simplement quelques petits conseils et... tu t'assureras qu'il va bien la lire, d'accord ?

— Promis.

— J'ai aussi ajouté deux ou trois choses pour toi dans ce petit carton. Il y a un reste de poulet froid et des chips. Et au cas où ton père n'ait pas encore eu le temps de faire des courses, je t'ai mis un paquet de céréales pour le matin et quelques autres trucs. Je crois même avoir glissé un paquet des gâteaux favoris de ton père.

Vers cinq heures, nous nous sommes mis en route — Claire était là aussi — pour aller chez papa. Personne n'avait encore vu où il habitait. Il s'agissait d'une rue animée, en périphérie de la ville, avec des boutiques, un centre de loisirs et trois pubs. Au bout de la rue se trouvaient trois petites maisons, papa habitait la dernière des trois.

Claire et maman m'ont aidé à sortir mes bagages.

— Nous n'allons pas entrer, a prévenu maman.

Claire était sur le point de protester mais, en voyant le visage tendu de ma mère, elle a changé d'avis.

Maman m'a serré dans ses bras en me disant de ne pas les oublier et de venir les voir bientôt.

En partant, elle a baissé la vitre de la voiture et m'a crié :

— Allez, amusez-vous bien, tous les deux.

Puis elle a disparu très vite et je me suis dirigé vers ma nouvelle maison.

Chapitre 12

J'ai sonné à la porte, et quelques instants plus tard j'ai vu mon père sortir la tête d'une maison que je découvrais pour la première fois. C'était une situation peu commune. Voilà certainement pourquoi je me suis retrouvé un peu gêné et embarrassé.

Papa souriait nerveusement. Il ne savait visiblement pas trop quoi dire lui non plus.

— Te voilà arrivé, a-t-il enfin lâché.

Ce à quoi j'ai répondu :

— Oui, me voilà arrivé.

J'avais la poitrine étrangement compressée. Ce n'est vraiment pas rien de changer de maison, vous pouvez me croire.

Papa a tendu le bras et nous nous sommes serré la main comme si nous nous rencontrions pour la première fois. Je ne savais quoi penser, tout ça était tellement bizarre.

— C'est ta mère qui t'a accompagné ? a demandé papa.

—Oui, avec Claire. Mais elles sont reparties, ai-je immédiatement ajouté, au cas où il aurait cru qu'elles se cachaient dans un coin.

—Ah oui, a dit papa. D'accord.

—Alors, comment tu vas ?

—Oh, beaucoup mieux, merci, m'a-t-il répondu avec assurance.

Cela ne semblait pas être le cas pourtant. Il n'était pas rasé, avait de grosses poches sous les yeux et un nombre impressionnant de boutons rouges sur le visage. J'ai aussi remarqué qu'il avait pris pas mal de poids, on aurait pu croire qu'il cachait un petit ballon de rugby sous sa chemise.

—Joe, bienvenue dans mon humble demeure. Je dois te prévenir, il n'y a pas beaucoup de place ici, pas de quoi courir un marathon.

—Pas de problème, j'ai décidé de laisser tomber le marathon pour le moment.

Papa a laissé échapper un de ses bons gros rires.

—Nous allons bien nous amuser, n'est-ce pas ? Allez, pose tes affaires ici. Hé, tout ça est à toi ?

—Oui, oui, je n'ai rien volé à personne, promis.

J'ai soudain pris conscience que mon père n'avait pas idée du temps que j'avais prévu de passer avec lui.

—Et ça, dans le carton ? a-t-il demandé.

—De la nourriture et d'autres trucs que maman nous a donnés. Ah oui, elle a ajouté un paquet de tes gâteaux favoris.

Je crois que papa a accusé le coup quand il a entendu ça, parce qu'il a détourné les yeux en murmurant :

— Très gentil de sa part.

Nous avons transporté mes bagages dans le couloir de l'entrée qui, en plus de mon père et moi, était proche de la saturation.

— Nous allons laisser tout ça ici pour le moment, a annoncé papa qui a juste pris le petit carton de maman.

Il avait certainement débarrassé la table de la cuisine et rangé tout ce qui traînait, l'évier aussi était plutôt propre. Mais la poubelle qui se trouvait sous l'évier débordait de détritus. Et c'était l'une des choses que détestait maman. Elle disait alors : « Personne ne remarque quand la poubelle est pleine ? Pourquoi est-ce toujours à moi de la vider ? »

Lorsque son humeur n'était pas au beau fixe, elle pouvait disserter des heures sur le sujet. J'ai pensé en moi-même : « Ne pas oublier d'entraîner papa à vider les poubelles régulièrement. » Sur le sol, près de la poubelle, il y avait une énorme tache de thé. Une autre chose que maman détestait. (« Tout ce que tu as à faire, c'est presser ton sachet de thé au-dessus de l'évier avant de le mettre à la poubelle. ») Je devais aussi revoir la bonne manipulation des sachets de thé avec papa.

— Parfait, a-t-il dit en regardant les étagères de la cuisine, nous allons dignement fêter le début de ces vacances scolaires.

– En fait, papa, ai-je annoncé gentiment, ça fait deux semaines que les vacances scolaires sont terminées.

– Vraiment ? a-t-il répondu, abasourdi.

– Oui, et j'envisage de rester plus que quelques jours. Maman t'a écrit un petit mot à ce propos.

J'ai retiré la lettre de ma poche.

Papa l'a prise et s'est mis à la lire en faisant les cent pas dans la cuisine.

– D'accord, oui, a-t-il murmuré.

Puis il s'est tourné vers moi et a demandé :

– Donc, tout va bien à la maison ?

Comme question stupide, elle se posait là. Évidemment que tout n'allait pas bien à la maison. Pour commencer, il n'y était pas. Avait-il déjà oublié ce petit détail ?

– Oh oui, me suis-je pourtant contenté de dire. Claire et maman s'amusent comme des petites folles.

– Permets-moi d'aller droit au but : tu vas partir d'ici pour aller en cours demain, et pour les sept semaines à venir, exact ?

– Exact. Maman a fait une lettre au proviseur pour lui expliquer mon changement d'adresse provisoire. Puisqu'on parle de ça – si jamais tu arrives à me supporter dès le matin –, tu crois pouvoir me déposer en partant travailler ?

– Je ne vais plus au bureau.

C'était à mon tour d'être abasourdi. Papa me parlait de son boulot comme s'il n'y avait pas mis les pieds depuis des semaines. Puis il a repris :

— Pour le moment, je n'ai pas de voiture non plus. Elle est au garage, en réparation, désolé. Mais, en revanche, il y a un très bon service de bus.

Mon cœur s'est un peu serré à l'idée que j'allais m'embêter à devoir prendre le bus. Jusqu'à maintenant, je me rendais à l'école en dix minutes à pied (je réussissais pourtant à être régulièrement en retard, mais ça c'est une autre histoire).

Plus tard, papa m'a trouvé les horaires. Finalement, je devais prendre deux bus : mon périple commencerait chaque matin à exactement sept heures quatre ! Non seulement il fallait que je sois levé à cette heure barbare, mais déjà dehors à attendre.

— Je suis vraiment navré pour ça, Joe, s'est excusé mon père.

— Ce n'est pas grave, ai-je dit courageusement. Tu vas bientôt récupérer ta voiture.

— J'espère, a murmuré papa, sans assez de conviction à mon goût. Enfin, laisse-moi te faire visiter le reste de la maison.

Ce qui n'a pas pris longtemps. En bas il n'y avait qu'une seule autre pièce : le salon. Il était petit, douillettement aménagé avec un canapé beige qui, pour être honnête, avait connu des jours meilleurs et qui semblait implorer la pitié chaque fois que l'on s'asseyait dessus.

Mais il y avait une immense télévision, un magnétoscope, plus un lecteur de DVD dernier modèle. Par ailleurs, pour décorer la pièce, traînaient çà et là des journaux, des magazines, des cendriers débordants, des emballages divers et des restes de tablettes de chocolat. Sous la fenêtre était posée une assiette qui, à en juger par l'épaisse couche de moisi qui s'y accumulait, avait été abandonnée là depuis un certain temps déjà.

Maman n'aurait certainement pas apprécié ce spectacle.

Puis il a monté mes affaires à l'étage, dans ma chambre. Je m'attendais logiquement à quelque chose de vraiment petit, et je n'ai pas été déçu. Mais je m'étais dit que j'y trouverais bien un lit correct.

En fait, comme me l'a expliqué papa, Roy (le propriétaire de la maison qui était parti à l'étranger pour un an) vivait seul et utilisait cette pièce comme bureau. Alors mon père avait mis le bureau dans sa chambre et avait installé un lit pliant qui datait, à vue de nez, du début du siècle dernier. Il m'a trouvé un duvet et s'est excusé qu'il n'y ait pas d'armoire (ni rien d'autre d'ailleurs pour accrocher ou ranger mes affaires). Mais il m'a dit que je pouvais utiliser la sienne qui se trouvait juste à côté.

Il a baissé les stores de la fenêtre, qui sont immédiatement remontés (« ils sont juste un peu capricieux »), a branché la plus petite lampe de chevet que j'aie jamais vue (sans abat-jour, bien entendu) et m'a demandé :

– Alors, qu'est-ce que tu aimerais faire maintenant ?

« Partir immédiatement » est la première réponse qui m'est venue à l'esprit. Mais j'ai juste haussé les épaules tandis que papa disait :
— Je te laisse défaire et ranger tes affaires, pendant que je vais aller commander quelque chose pour le dîner.

J'ai traîné dans ma chambre un moment, mais je n'ai pas défait mes affaires. Je me suis assis par terre et, pour être franc, j'ai eu un gros coup de cafard.

Puis je me suis dit que je réagissais comme un sale petit gamin. Après tout, j'étais en mission. Pourquoi attacher tant d'importance à un lit pourri et à un problème d'armoire ? J'avais des préoccupations autrement plus importantes. J'ai commencé à prendre des notes dans mon carnet :

OPÉRATION PNV
J + 1 :
Aspect physique : lamentable. Besoin de se raser, d'aller au lit de bonne heure, de perdre du poids et de mieux s'habiller.

Mauvaises habitudes : la liste serait trop longue. Entraînement urgent et obligatoire.

Puis je suis allé voir en bas, mon père n'avait pas dû m'entendre. Il était assis dans la cuisine, les yeux si profondément perdus dans le vide qu'il m'a effrayé. J'avais l'impression qu'il n'était plus vraiment là, que son esprit s'était envolé ailleurs, enfui.

– Papa ! me suis-je écrié.

Il a sursauté et m'a souri.

– Hé, t'étais où, là ? lui ai-je demandé.

– Je réfléchissais, c'est tout.

Quelques instants plus tard on a sonné à la porte, et notre repas est arrivé. Nous nous sommes partagé la pizza dans le salon et nous avons mangé des gâteaux au chocolat – ceux donnés par maman – en dessert.

Sur le mur était accroché un poster du film *Alien*, de la scène où la créature monstrueuse jaillit des intestins d'un homme d'équipage. C'est une super scène, mais ce n'est certainement pas le décor rêvé lorsque vous êtes en train de manger.

– Alors, Roy aussi est un grand fan de science-fiction ? ai-je demandé.

– Oh oui, a répondu mon père. Roy est l'un des clients les plus fidèles et les plus réguliers de *Fantastique en tout genre*. Ce qui me rappelle…

Une lueur s'est allumée dans ses yeux.

– Ils viennent de sortir en DVD le pilote de l'épisode III de *Star Wars*, avec des scènes inédites coupées au montage, qui n'apparaissent pas dans la version finale.

Ce qui n'a d'intérêt que si vous êtes un fan de *Star Wars*. Mais je pense qu'il est impossible de vivre avec mon père sans être contaminé par son enthousiasme. Sauf Claire et maman qui y sont parvenues jusque-là.

Ma mère n'a certainement jamais regardé un film

de la trilogie *Star Wars*, ni même un épisode d'une série comme *X-Files* ou *Star Trek*.

Mais peu importe, j'étais excité à l'idée de découvrir le pilote dont me parlait mon père. À peine notre repas fini (« On pourra débarrasser plus tard », a-t-il proposé), nous avons donc regardé le DVD sur l'écran géant de Roy.

Et c'était super, sauf que je n'ai pu voir que la première demi-heure. Vous savez, mon père ne se contente pas de regarder les films simplement. Il appuie sur pause, fait des retours en arrière et étudie les scènes les unes après les autres au ralenti. Et il a toujours tellement de choses à vous raconter. Comme ce soir-là, où il est resté bloqué sur l'expression du visage de l'un des acteurs à un moment précis de l'épisode :

– Regarde bien, Joe, il joue vraiment à la perfection.

Rien ne lui échappait, il connaissait le film par cœur, je me demande combien de fois il l'avait déjà regardé. Un peu comme s'il l'aimait tant qu'il ne pouvait pas se décider à le laisser finir. À un moment, il m'a annoncé :

– Ce serait du gâchis de ne pas passer cette scène au ralenti, regarde !

Et j'ai passé un super moment, parce que je retrouvais mon père comme avant : heureux, détendu, n'arrêtant pas de faire des blagues idiotes. Le temps d'une soirée, tout était redevenu normal.

Puis je suis monté me coucher dans mon vieux lit et je suis resté allongé dans l'obscurité à écouter le vent souffler. J'ai cru que je n'allais jamais m'endormir, mais si.

Je me suis pourtant réveillé une heure et demie plus tard. Pendant un instant, je ne savais plus où j'étais. Mais j'ai rapidement retrouvé mes esprits.

J'ai alors entendu un bruit sur le palier. Quelqu'un marchait.

– Papa ? ai-je appelé.

Pas de réponse. J'ai entendu les escaliers craquer.

– Papa ? ai-je de nouveau appelé.

Toujours pas de réponse.

Ça ne pouvait quand même pas être un cambrioleur, si ?

J'ai pris une profonde inspiration et je me suis levé.

Chapitre 13

Je suis resté en haut des escaliers à observer la silhouette qui se dirigeait vers la porte. On aurait dit un voleur s'enfuyant avec son butin (enfin, je ne sais pas s'ils emploient encore ce mot aujourd'hui), alors qu'il s'agissait en fait de...
— Papa ! me suis-je écrié.

Cette fois-ci, il m'avait parfaitement entendu. Il s'est retourné, a posé son regard sur moi et m'a dit :
— Joe ! Je t'ai réveillé ?
— À moins que ce ne soit un rêve, oui.
— J'ai essayé de faire le moins de bruit possible, désolé.
— Mais qu'est-ce que tu fais au juste ? ai-je demandé.
— Je sors juste un petit moment.
— Mais il est...

J'ai regardé ma montre.
— ... il est presque minuit.
— Oui, je n'en ai pas pour longtemps.

– Mais où veux-tu aller exactement ?

Mon père a hésité. Il n'allait pas m'apprendre qu'il allait rejoindre Rachel quelque part quand même !

– Écoute, le mieux c'est que je te montre. Mets ta robe de chambre, tes chaussons et viens me rejoindre en bas.

Je ne mets jamais de chaussons. La dernière fois que j'en ai porté, je devais avoir deux mois (et déjà à cette époque je savais que c'était complètement ringard). Mais je me suis dit que, sous le coup de l'émotion, papa avait dû oublier ce détail crucial. J'ai enfilé ma robe de chambre et mes baskets avant de me précipiter dans les escaliers, curieux de savoir ce que j'allais bien pouvoir découvrir.

– Suis-moi, a dit mon père.
– Où allons-nous ?
– Dans le garage.

Nous avons traversé le petit jardin derrière la maison et nous sommes passés par une petite porte menant à un étroit chemin. La lune flottait dans le ciel comme une boule géante, et sa lumière faisait briller les cheveux de mon père. Nous étions les seuls dehors.

Nous sommes arrivés devant une rangée de garages. Papa avait celui du milieu. Il a sorti les clefs de sa poche et m'a dit :

– Je suis certain que ça va te faire rire.
– Tu crois ?
– Oh oui, tu vas te moquer de ton vieux père.

Il a soulevé la porte. Je ne sais pas ce que je m'attendais à découvrir, mais certainement pas une moto bleu et argent.

Je ne suis pas fou des motos (je préfère les voitures) mais j'ai immédiatement reconnu une Harley-Davidson, comme dans ces vieux films où l'on voit des motards roulant sur des grosses cylindrées, avec d'immenses guidons chromés carrément démodés de nos jours.

Mon père attendait impatiemment ma réaction. Il s'était penché sur moi et j'entendais sa respiration haletante.

– Alors, qu'est-ce que tu en penses ?

– Eh bien, euh… c'est un bel engin.

– Tu te dis : « Mais qu'est-ce que mon vieux père fait avec un truc pareil ? »

– Mais non. Et, arrête, tu n'es pas vieux.

– C'est un investissement, crois-moi, s'est enthousiasmé papa.

– Certainement.

– Les motos ne sont pas chères à entretenir, a-t-il continué. Alors que les voitures, ça coûte une fortune. Et j'avais toujours rêvé d'une moto comme celle-ci.

– Je ne savais pas.

– Si, si, a-t-il confirmé. Bien entendu, je ne pouvais pas compter sur l'aide de mon beau-père pour m'en acheter une. Quand j'ai finalement eu mon permis, et assez d'argent pour m'en payer une, j'ai été engagé et il me fallait une voiture pour ce boulot, alors voilà pourquoi je n'en ai jamais eu. Il y a peu de temps, j'ai vu que celle-ci était à vendre et je me suis dit qu'il me la fallait… sans compter qu'elle va certainement prendre de la valeur, tu sais. Ça vaut un bon placement en banque.

Il a mis son casque sur la tête.

— Je ne serai pas long, promis.

— Tu veux aller faire un tour maintenant ? me suis-je étonné.

— Oui, bien sûr.

— Tu ne crois pas qu'il est un peu tard ?

— Non, c'est habituellement l'heure à laquelle je sors. Il n'y a personne sur les routes, alors je peux rouler tranquille.

— Et quand comptes-tu revenir ? ai-je voulu savoir.

— Dans une demi-heure environ.

— Pas plus tard, l'ai-je prévenu.

Il a souri.

— Pas plus tard, promis.

— Bon, d'accord, ai-je fini par accepter.

Mais je n'aimais pas trop savoir mon père sur une moto en pleine nuit. Il n'en avait pas conduit depuis longtemps. En plus, les accidents de moto sont nombreux… surtout la nuit.

— Tu roules doucement, hein ? Et si tu l'abîmes, c'est toi qui devras payer les réparations, souviens-t'en.

Il a ricané avant de mettre le moteur en marche. Une expression de pur plaisir a illuminé son visage.

— J'ai toujours adoré ce bruit... Joe, tu retournes directement à la maison et tu fermes bien la porte derrière toi, d'accord ?

— D'accord.

Mon père a attendu de me voir rentrer, puis il est parti. Tout d'abord, je n'ai pu m'empêcher d'être un peu inquiet. Mais j'ai bien réfléchi et je me suis dit que, finalement, ça n'avait rien d'inquiétant.

Après tout, quand j'étais nerveux, la première chose que je faisais c'était prendre mon vélo pour aller me balader. Ce qui m'aidait vraiment à me vider la tête. La moto, ce devait être la même chose pour papa, il avait besoin de ça pour se détendre. Il n'y avait rien de mal à ça, non ?

Je suis remonté me coucher et j'ai essayé de m'endormir, mais je n'y arrivais pas. J'avais envie d'entendre rentrer mon père, sain et sauf. Alors, finalement, je me suis retrouvé à tourner en rond dans la cuisine. Je me suis dit que ce serait sympa de lui préparer une tasse de thé pour son retour. Il apprécierait aussi sûrement quelques gâteaux. J'ai choisi ceux que maman nous avait donnés, que nous avions commencé à manger tout à l'heure, et je les ai posés sur une assiette.

Comme promis, il est revenu une demi-heure plus tard.

— Tu t'es bien amusé ? lui ai-je demandé.

— Oui, oui, m'a répondu mon père, l'air un peu embarrassé. Mais tu ne devrais pas être au lit ?

Son regard est tombé sur le thé et les gâteaux. Il m'a souri.

– Une petite fête improvisée, c'est ça ?

Nous sommes restés un bon moment ensemble, à parler et à grignoter. Lorsque je me suis dirigé vers les escaliers pour retourner au lit, mon père m'a dit :

– Ce n'est pas utile de parler de la moto à ta mère. Je ne pense pas qu'elle approuverait.

J'étais certain que non.

Néanmoins, j'ai trouvé que c'était une bonne chose que papa se soucie de ce que maman pouvait penser de lui.

– Ne t'inquiète pas, papa, ton secret sera bien gardé avec moi.

Mais j'ai quand même décidé d'en parler à une personne : Claire.

Chapitre 14

J'ai vu Claire le samedi. Mais nous n'avons pas eu le temps de parler, car maman nous a emmenés au musée et ne nous a pas quittés d'une semelle.

Le dimanche, papa est sorti pour aller à la laverie avec un gros tas de vêtements, dont mes affaires de gym. Dès qu'il a refermé la porte, Claire a commencé à se lamenter :

– Oh, Joe, je n'y crois pas, il a une mine abominable !

– Je sais.

– Il paraît tellement plus vieux, il a même du ventre, comme un vieillard. Qu'est-ce qui lui arrive ?

– Il est resté trop longtemps seul, voilà. Alors ne commence pas à m'accuser.

– Mais ce n'est pas ce que je fais ! s'est-elle indignée.

– Ça va demander beaucoup de travail, mais nous allons nous occuper de lui à partir de maintenant. J'ai déjà pris plein de notes dans mon carnet à ce propos.

J'ai regardé dans mes poches, mon carnet n'y était pas.

— J'ai dû le laisser là-haut.

— Tu deviens aussi distrait que papa.

— Arrête, tu veux.

— Avant que tu ailles chercher ton carnet, j'ai une chose à te dire : Roger a appelé vendredi.

— Et qu'est-ce qu'il voulait ?

— « Je voudrais parler à ta mère », a répondu Claire en imitant parfaitement la voix de Roger. Par chance maman n'était pas là, et j'ai oublié de lui transmettre le message.

— Bien joué.

— Mais la chose la plus étrange, c'est que Roger a continué à me parler et à devenir tout gentil.

— Beurk !

— Il m'a expliqué qu'il était désolé de s'être comporté de la sorte, mais qu'il n'avait pas d'enfants et qu'il espérait que nous lui accorderions une seconde chance.

— Ça me fait froid dans le dos.

— Je sais. Et il n'arrêtait pas de parler, encore et encore.

— Qu'est-ce que tu as répondu ?

— Eh bien, pas grand-chose. J'étais sous le choc. À la fin, j'ai prétendu que quelqu'un sonnait à la porte.

— Il pense que s'il nous met dans sa poche, maman va l'apprécier plus encore. Voilà pourquoi il nous a donné cet argent.

— Je n'ai toujours pa dépensé le mien, a précisé Claire.

— Moi non plus, ai-je dit. J'en serais incapable de toute manière.

— Nous devrions peut-être brûler ces billets, a suggéré Claire.

— Oui, peut-être. Mais le plus important, c'est qu'il ne revoie plus maman et… enfin, laisse-moi aller chercher mon carnet, j'ai noté des choses importantes.

Je me suis précipité dans ma chambre, mais je ne l'ai pas trouvé.

Claire m'a appelé :

— Viens, j'ai ton carnet ! Il était sur la petite table du téléphone. Et il y a un message sur le répondeur, je l'écoute ?

— Oui, vas-y, ça doit être Lee. Il devait m'appeler hier.

J'ai redescendu les escaliers à toute allure. J'étais à peine arrivé en bas lorsque nous avons commencé à entendre le message.

Et ce n'était pas Lee. Mais une voix qui disait :

— Nick, bonjour, c'est Jimmy Craig. Je viens juste d'apprendre la nouvelle et je n'arrive pas à y croire. Tout le monde est sous le choc au bureau. Nous pensons tous que cette entreprise est vraiment stupide d'avoir licencié un type super comme toi. Bon, écoute, tu me donnes un coup de fil quand tu veux et… tu gardes le moral. Tu nous manques déjà.

Puis une autre voix, féminine cette fois, a annoncé froidement :
— Vous n'avez pas d'autre message.

Le répondeur s'est éteint. J'avais encore un pied posé sur la dernière marche, mon cœur battait à tout rompre.

Claire s'est retournée et s'est approchée très lentement de moi.

— C'était quelqu'un qui s'est trompé de numéro, non ? Nous recevons toujours des messages de gens que nous ne connaissons pas sur celui de maman. L'autre jour encore…

— Non, ce n'était pas une erreur, ai-je annoncé gravement.

— Mais c'est n'importe quoi ! s'est écriée Claire.

Oui, mais tout bien réfléchi… Je m'étais demandé comment papa pouvait s'absenter aussi longtemps sans que ça pose de problèmes au bureau, et je trouvais bizarre que sa voiture reste si longtemps en réparation au garage. Je me doutais qu'il se passait quelque chose. Maintenant, je comprenais.

— Alors papa a été viré, c'est ça ? a demandé Claire, livide.

— Je crois que c'est ça, oui.

Claire s'est effondrée sur les marches de l'escalier, je me suis accroupi à côté d'elle.

— Pauvre papa, a-t-elle grogné. Il a perdu sa famille, sa maison et maintenant son travail.

— Sans parler de la voiture, ai-je murmuré.

— C'est trop injuste ce qui lui arrive, vraiment trop injuste !

Ses yeux verts brillaient de colère, mais des larmes coulaient sur ses joues. J'ai serré sa main dans la mienne. Elle m'a regardé.

— Papa est quelqu'un de bien, non ? Même son collègue qui a laissé le message le disait.

— Ils ne pourront jamais retrouver un aussi bon représentant de commerce, ai-je confirmé. Mais depuis qu'il n'est plus avec maman… eh bien, il s'est un peu laissé aller, tu ne trouves pas ?

— Mais ils auraient dû l'aider, s'est énervée Claire. Il travaillait pour eux depuis des années.

— Depuis plus de vingt ans, ai-je confirmé.

— Comment ont-ils pu le renvoyer comme ça, d'un seul coup ?

J'ai haussé les épaules.

— Je ne sais pas.

Claire s'est essuyé les yeux avec le revers de sa manche.

— Tu crois que nous devrions dire à papa ce que nous savons ?

— Non, ai-je répondu fermement. Je ne crois pas.

— Pourquoi ?

— Tu sais, quand j'ai un mauvais bulletin, la dernière chose que je souhaite, c'est que les gens le voient et se sentent désolés pour moi. C'est personnel. Ça doit être la même chose quand on perd son travail. Papa nous l'annoncera quand il se sentira prêt.

Claire a réfléchi pendant un moment, puis elle a fini par dire doucement :

— Je pense que tu as raison.

— De toute manière, ai-je repris, papa va trouver un autre boulot, probablement plus intéressant que le précédent. En plus, il gagne un peu d'argent avec *Fantastique en tout genre* et puis, quand on te met à la porte, on te verse toujours des annualités, pas vrai ?

— Des indemnités, m'a corrigé Claire.

— Oui, c'est ce que je voulais dire. Il a dû en toucher, et il doit lui en rester pas mal, à moins qu'il ait tout dépensé dans sa moto.

— Quoi ! s'est exclamée Claire.

— Oui, elle est rangée dans le garage. Il sortait presque toutes les nuits faire un tour avec.

— Oh non !

— Ne t'inquiète pas, je l'ai finalement découragé. Il m'a trouvé un casque et nous sommes allés faire deux ou trois tours ensemble, mais pas plus. La plupart du temps, il se contente désormais de la laver et de la bichonner. Et tu serais bien inspirée de ne pas en parler à maman.

— Non, bien entendu.

Claire a baissé légèrement la tête en fermant les yeux.

— Quelle catastrophe ! Tout va de travers, tu ne trouves pas ?

— Si, je dois l'admettre. Mais en ce moment, papa ne peut compter que sur nous deux. Nous devons rester à ses côtés pour l'aider. Et nous devons être forts.

— Je sais, a répondu Claire en laissant échapper un profond soupir. Et Roger, qu'est-ce qu'on fait avec lui ?

— Avec lui ?

— Oui, papa n'a aucune chance contre lui, avec sa grosse voiture, sa grosse situation et…

— Il a toutes les chances ! ai-je pratiquement hurlé. Parce que Roger n'est qu'un sale petit cafard sinistre et que papa il a… il est… vraiment génial. Et c'est ce que maman a dû aussi penser un jour, sinon elle ne se serait jamais mariée avec lui. Malheureusement, avec le temps, il a pris quelques mauvaises habitudes. Mais j'ai noté tout ça. Et je compte bien les éliminer une par une à partir de demain, car demain commence la deuxième phase de mon plan génial. Tiens, jette un œil sur ce que je compte faire.

Voilà ce qu'elle a vu :

1. Papa et la cuisine
Papa n'a jamais cuisiné un plat de sa vie, il a toujours laissé maman faire. Même lorsqu'il rentre du boulot à la même heure qu'elle, il attend toujours que ce soit elle qui s'occupe du repas. La raison en est simple : papa ne sait pas cuisiner. Il faut que ça change, et je compte donc lui apprendre à préparer quelques recettes de base.

2. Papa et le ménage

Papa n'a jamais fait le ménage, il n'aide jamais maman. Elle n'en peut plus. Je vais donc entraîner papa à laver, faire la poussière, passer l'aspirateur, etc.

3. Papa et son look

Il paraît vieux et malade, il a une peau horrible. Il a besoin de se coucher plus tôt, de s'acheter de nouveaux vêtements et d'aller chez le coiffeur. Le plus important de tout : il doit perdre du poids. Pour le moment, le seul exercice qu'il pratique, c'est le rire. Ça aussi, il faut que ça change. Je me propose de lui faire faire régulièrement de l'exercice et d'améliorer son alimentation (voir paragraphe 1).

– Mais c'est génial ! s'est enthousiasmée Claire.
– Qu'est-ce qui est génial ? a demandé papa qui semblait sortir de nulle part.
Claire a précipitamment refermé mon carnet.
– Ce qui est génial, c'est... a-t-elle bredouillé.
Je la voyais mal partie, je suis donc intervenu :
– Ce nouveau groupe.
– Oh, et comment s'appelle-t-il ? a voulu savoir mon père.
– PNV, ai-je répondu, rapide comme l'éclair.
– Un peu obscur comme nom, a remarqué papa.
J'ai lancé un sourire à Claire.
– C'est un groupe capable de réaliser tes rêves les plus fous, a ajouté ma sœur.

Juste avant que Claire parte ce jour-là, je lui ai rappelé les consignes :

— N'oublie pas, tu restes sur tes gardes et tu me surveilles ce Roger vingt-quatre heures sur vingt-quatre.

— Ne t'inquiète pas, Joe, tu peux compter sur moi.

— Et attends de voir notre père nouvelle version, l'entraînement commence demain.

Chapitre 15

Le soir suivant, papa était assis dans la cuisine en train de consulter les Pages Jaunes.

– Alors, je peux te proposer un repas chinois, indien, une pizza… Qu'est-ce qui te ferait plaisir ce soir…

– Qu'on fasse la cuisine nous-mêmes, l'ai-je interrompu.

Papa n'aurait pas paru plus surpris si je lui avais proposé d'aller dans les bois pour chasser du gibier.

– D'accord, mais le problème c'est que je ne suis pas exactement un chef cuisinier. Ta mère, elle, sait préparer des tas de bonnes choses.

– Mais je pensais qu'on pourrait se faire quelque chose de tout simple, comme des œufs brouillés au bacon. J'ai acheté des œufs et du bacon, ai-je ajouté en montrant le sac que je tenais à la main.

– Quoi ? s'est étonné papa. Mais tu as trouvé ça où ?

– À l'épicerie du coin, en haut de la rue. La femme qui s'en occupe est vraiment sympa. Elle m'a expliqué qu'il y avait des tas de gens qui lui achetaient régulièrement des œufs et du bacon. Stupéfiant, non ?

— Très bien, a fait papa en souriant, nous allons tenter les œufs brouillés au bacon. Mais je te parie que, demain, c'est toi qui vas me réclamer une pizza.

« Certainement pas », ai-je pensé. Mais je n'ai pas discuté, je me suis contenté de dire :

— Les œufs sont là, ainsi que le bol et le fouet, alors vas-y, prépare-moi ça, papa.

Mon père a pris les œufs et les a déplacés lentement au-dessus du bol. Il les a brisés avec une étonnante facilité.

— Hé, beau geste.

— Tout est dans le poignet, m'a-t-il expliqué. Je n'ai jamais suivi un cours de cuisine de ma vie, tu sais.

J'étais étonné.

— Mais nous en avons deux heures par mois à l'école !

— À mon époque, nous ne faisions que travailler le métal et le bois. J'ai une superbe collection de coquetiers et de cendriers.

— Très utile.

— J'ai aussi fait un chandelier, et un dessous-de-plat.

Il a éclaté de rire.

— Une fois, j'ai même essayé de fabriquer une lampe, c'était un peu ambitieux. Tu sais…

— Tu me raconteras la suite plus tard, l'ai-je soudain interrompu. Maintenant, il faut que tu rajoutes un peu de lait dans le bol et que tu mélanges le tout.

— Autrement dit : « Arrête de bavarder », a-t-il plaisanté. Alors, allons-y.

Il a versé une généreuse dose de lait, puis a commencé à mélanger les œufs dans le bol comme un fou. Il y avait des éclaboussures un peu partout, du jaune d'œuf a même fini par atterrir sur le rideau.

— Papa, tu n'es pas obligé de les maltraiter comme ça, ils ne t'ont rien fait, ces œufs !

Dix minutes plus tard, nous étions attablés en train de déguster nos œufs brouillés au bacon. Nous avions ajouté un peu de sauce tomate et fait griller des toasts. En dessert, nous avons mangé de la glace et quelques gâteaux secs. À la fin du repas, nous avons fait claquer nos lèvres en signe de satisfaction.

— J'ai vraiment passé un bon moment, a reconnu papa. D'accord, je me suis un peu énervé sur les œufs, mais je crois que j'ai fini par attraper le coup de main.

— Oh, tu vas même bientôt devenir un expert car, pour demain, je me suis dit que nous pourrions nous faire une omelette au fromage.

— Mais il faut que je te rembourse tout ce que tu as acheté. J'y tiens.

Mon père m'a tendu un billet de dix livres. Quand je lui ai annoncé que je n'avais dépensé que cinq livres, il était stupéfait.

— C'est tout ?

— Si tu fais la cuisine toi-même, ça te coûtera beaucoup moins cher que si tu te fais livrer à domicile, lui ai-je expliqué.

— En effet !

Puis j'ai décidé de passer à la suite de mon plan de formation. Il allait cependant falloir user d'un peu de tact. J'ai donc commencé par dire, comme si de rien n'était :

— Si ça ne te dérange pas, j'aimerais bien t'aider à ranger la maison après le dîner.

Mon père m'a fixé avec de grands yeux étonnés.

— D'ailleurs, j'ai préparé une petite liste de ce que nous avions à faire.

— Une liste ? a répété papa.

— La voilà, ai-je dit en tirant une feuille de ma poche.

J'avais dessiné un beau tableau : en haut j'avais inscrit les jours de la semaine, et sur le côté nos prénoms. Dans les cases, il suffisait de mettre les choses à faire. J'ai commencé à répartir les tâches :

— Je propose que le lundi tu t'occupes de nettoyer et de ranger le salon, tandis que je me charge de la salle de bains. Le mardi, tu t'attaques à la cuisine et moi je fais les chambres. Le mercredi, il restera le couloir et les escaliers, et la lessive à faire. Je ne sais pas si tu as une préférence ?

Je n'ai pas obtenu de réponse. Il se contentait de me dévisager, la bouche ouverte.

— Bon, ça ne te dérange pas si je m'occupe du couloir et des escaliers, et si toi tu t'occupes de la lessive ? Nous pourrons toujours changer plus tard. Le jeudi, enfin, nous vérifierons s'il nous reste des choses à faire. Je pense qu'il faudra peut-être repasser un coup dans la cuisine et le salon et, le vendredi soir, repos. Qu'est-ce que tu en dis ?

Mon père paraissait un peu vexé maintenant.

— Alors, tu penses que la maison a besoin d'être nettoyée, c'est ça ?

— Bah, un bon ménage ne lui ferait pas de mal, non ?

Il a haussé les épaules.

— Je ne peux pas dire le contraire.

— Viens, laisse-moi te montrer quelque chose.

Je l'ai entraîné dans le salon et lui ai indiqué le dessous du radiateur.

— Regarde un peu.

Mon père a regardé.

— Je ne vois rien du tout.

— Il faudrait que tu te mettes à genoux pour voir ce que je voudrais te montrer.

Papa s'est agenouillé et s'est penché pour jeter un œil sous le radiateur.

— Tu ne vois vraiment rien ?

Il est resté silencieux un court instant. Puis il s'est exclamé d'une voix songeuse :

— Si, je vois !

Il a ramassé un gros mouton de poussière et l'a fait sauter dans sa main.

— Il y en a encore des tonnes là-dessous.

— Je sais.

— C'est étrange que je ne l'aie jamais remarqué.

— Tu es trop grand. Tu es un peu au-dessus de tout ça, non ?
— Oui, il faut croire.

Mon père a continué d'explorer la pièce à quatre pattes. Il n'a pas tardé à trouver d'autres nids à poussière.

— Il y en a partout, la pièce en est remplie, c'est incroyable.
— Il suffisait simplement que quelqu'un te le fasse remarquer.

Il s'est remis debout.

— En fait, je me demande s'il y a un aspirateur quelque part.
— Oui, il y en a un, je l'ai trouvé dans le placard sous l'escalier.

Je l'ai tiré vers moi. Mon père s'est mis à aspirer la pièce férocement, aussi férocement qu'il avait battu les œufs, bien déterminé à éliminer jusqu'à la moindre petite saleté. Ensuite, nous avons cherché en vain un chiffon à poussière. À la fin, j'ai suggéré qu'on utilise une vieille paire de chaussettes, qui a parfaitement fait l'affaire.

Le jour suivant, lorsque je suis rentré à la maison, j'ai été saisi à la gorge par une odeur venue d'ailleurs. Cette odeur épaisse, fétide, qui flottait habituellement dans toute la maison (et qui s'accrochait également aux vêtements) avait été balayée par un subtil arôme de cire. Je me suis senti pris de vertige pendant un court instant. Papa m'attendait dans la cuisine, un sourire dément aux lèvres.

— Regarde un peu, a-t-il dit.

J'ai regardé. Et ce que j'ai vu était absolument stupéfiant. Un seul mot pouvait convenir pour décrire à présent la cuisine : immaculée. Je me suis baissé.

— Tu as même réussi à nettoyer les traces autour de la poubelle ?

— Ça m'a pris tout l'après-midi – je n'aurais jamais cru que c'était si fatigant de faire le ménage –, mais je les ai eues, hein ?

— Et comment !

— Je suis également allé faire quelques achats pour m'équiper.

Il m'a montré, étalées sur la table, diverses brosses, cires, plusieurs variétés de chiffons et d'éponges.

— Maintenant, va jeter un coup d'œil là-haut.

Il avait tout rangé et nettoyé aussi, de manière spectaculaire.

— Papa, je n'arrive pas à croire comme tout est propre et en ordre. Mais c'était à moi de faire les chambres ce soir.

— Non, ce n'est pas juste que tu doives aussi faire le ménage quand tu rentres le soir. Si tu as besoin d'un coup de main pour remplir les cases de ton tableau, tu me demandes. Je préfère que tu te concentres sur tes devoirs… Aïe, je crois que je viens de prononcer un gros mot, non ?

— Oui, sans aucun doute.

Il m'a donné une tape amicale dans le dos.

— Tu es en droit d'exiger de vivre dans une maison

propre et ordonnée, alors si jamais je me montre encore négligent, n'hésite pas à m'en parler, d'accord ? Et ce soir, nous avons prévu de faire encore un peu de cuisine, tu n'as pas oublié ?

— Oh que non !

En voyant comment tout ça l'avait mis de bonne humeur, je me suis dit que j'allais anticiper le passage à la phase suivante de mon plan.

— Papa, à l'école, nous avons eu une réunion d'information pour nous conseiller de toujours faire de l'exercice et de surveiller notre poids.

— Très bien, a approuvé mon père.

— Ils nous ont suggéré d'aller courir un peu chaque soir (ce qui était un parfait mensonge, mais pour une bonne cause). Ils nous ont aussi dit que, pour notre sécurité, il était préférable qu'un de nos parents nous accompagne.

— Ah…

J'ai senti sa gorge se serrer.

— Mais nous reparlerons de tout ça plus tard, nous allons d'abord déguster une bonne omelette au fromage !

Chapitre 16

Le soir suivant, je suis allé faire quelques courses à l'épicerie du coin. Il n'y avait personne d'autre que la vendeuse.

– Bonjour, comment allez-vous ? lui ai-je demandé.

Nous discutons toujours un petit moment ensemble.

– Je vais bien, mais je voudrais surtout savoir si l'omelette était réussie.

– Finalement, oui, super.

– Finalement ? a-t-elle répété, incrédule.

– En cuisine, mon père est ce qu'on pourrait appeler un débutant enthousiaste. Il a dû vider une bonne moitié de la bouteille d'huile dans la poêle.

– Oh non…

Elle n'a pu s'empêcher de laisser échapper un petit rire.

– Il a également tendance à forcer un peu trop sur la cuisson. L'omelette s'est transformée en morceau de charbon. Elle n'avait plus une goutte de bave, croyez-moi.

Elle riait de bon cœur maintenant.

—En plus, il y avait de la fumée partout, nous avons dû ouvrir toutes les fenêtres. Mais il a tenté sa chance une seconde fois, et là l'omelette n'était plus que légèrement grillée sur les bords. Et puis nous nous étions habitués à l'odeur de brûlé. Enfin bref, je cherche une idée pour ce soir maintenant.

Elle est sortie comme une flèche de derrière son comptoir et elle a fait tout le tour du magasin. Elle n'était pas très grande, mais elle était très vive. C'était une jolie femme d'environ quarante-cinq ans (mais je suis nul pour deviner les âges), avec des cheveux stupéfiants. Ils étaient d'une superbe couleur grise et très fournis, si vous voyez ce que je veux dire. Elle portait trois bagues à un doigt, dont une alliance.

—Qu'est-ce que tu dirais d'un peu de jambon avec des pommes de terre nouvelles ? a-t-elle suggéré.

—Je n'avais pas pensé aux pommes de terre nouvelles.

—Elles sont très bonnes et tu n'as pas à les éplucher : il suffit de les rincer et de les faire cuire dans l'eau bouillante. Tu pourras également ajouter quelques haricots verts.

—Ah oui ?

—Oui, c'est excellent pour la peau.

—Oh, parfait, ai-je murmuré en pensant à tous les boutons de papa.

—Et puis des brocolis. Je ne vais pas t'en donner trop, ça ne se conserve pas très bien, une tête suffira.

Enfin, qu'est-ce que tu penses de quelques bananes pour le dessert ?

— Parfait, allez-y !

Elle a mis tout ça sur le comptoir.

— Et voilà, mon chéri, tu as de quoi préparer un bon repas.

— Je pourrais juste vous demander une chose ? Si votre mari vous préparait ça un soir, vous seriez contente ?

— Je serais surtout très surprise, il est mort depuis sept ans.

— Oh, je suis désolé, vraiment, me suis-je excusé.

— Il ne faut pas, comment pouvais-tu le savoir ? Je porte toujours l'alliance de notre mariage, et je la porterai toujours. Mais oui, j'aurais été ravie qu'il me prépare un dîner pareil ce soir. Il cuisinait parfois, principalement le week-end.

Juste comme je partais, elle m'a lancé :

— Tu pourras peut-être faire une salade de crevettes demain.

— Super idée, merci.

— Pas de quoi, je suis là tous les soirs, à partir de cinq heures. Au fait, je m'appelle Denise Hammond.

C'était très gentil de me dire son prénom, les adultes le font rarement. J'étais touché.

— Je m'appelle Joe, lui ai-je dit à mon tour. À demain, Denise.

— Je serai fidèle au poste.

Et depuis, chaque soir, Denise m'aidait à composer

un menu. Elle m'a même prêté son livre de cuisine, dans lequel j'ai trouvé un tas d'idées de recettes toutes simples. Et nous nous parlions de plus en plus. Elle me disait que j'étais le portrait craché de son fils Paul. Elle m'a même montré une photo de lui lorsqu'il avait à peu près mon âge. Il y avait effectivement une étrange ressemblance (sauf que j'étais beaucoup plus beau, bien entendu, ha! ha! ha!).

Je lui ressemblais aussi un peu dans sa manière d'être. Enfin, c'est ce que Denise prétendait. Paul travaillait en Allemagne, depuis trois ans déjà, il manquait beaucoup à sa mère. Mais elle était très active : en plus de tenir la boutique le soir, elle travaillait dans un centre de loisirs la journée et comme bénévole dans une maison de retraite le week-end.

Un jour, papa est venu à la boutique et je lui ai présenté Denise. Elle a immédiatement remarqué qu'il s'intéressait de très près aux menus désormais. Ce qui était vrai. Une petite étincelle s'allumait dans ses yeux lorsqu'il me demandait ce que nous allions faire à manger le soir. Par ailleurs, et à ma grande surprise, il suivait scrupuleusement notre tableau pour l'entretien de la maison. Nous avions également commencé le footing.

Pour vous dire la vérité, j'avais bien failli laisser tomber. La première fois, nous avions décidé de nous rendre jusqu'au parc, censé se trouver à trois kilomètres. Mais nous avions dû nous tromper car nous avions couru pendant des heures, la sueur dégoulinait sur notre visage. Deux oiseaux volaient au-dessus de nous, qui semblaient nous suivre.

— Ce sont des corbeaux ? avais-je demandé à mon père.

— Non, des vautours, m'avait-il répliqué.

Lorsque nous sommes enfin arrivés au parc, nous nous sommes effondrés sur l'herbe, à bout de souffle. Nous arrivions à peine à respirer, encore moins à nous parler. Il a fallu attendre quelques minutes.

— Tu sais, on en bave aujourd'hui, mais demain on va péter la forme, avais-je enfin réussi à articuler.

Mais le jour suivant, j'avais mal aux jambes ainsi qu'aux genoux et j'avais d'horribles ampoules aux pieds. Papa était dans un état encore pire que moi. C'était à peine s'il avait réussi à descendre les escaliers (il s'était tenu à la rampe tout le long). Il se lamentait :

— J'ai l'impression qu'on me tord chaque muscle du corps dès que je fais un mouvement.

Je crois que j'aurais arrêté le footing si mon père ne m'avait pas sorti un superbe T-shirt vert fluo qui faisait spectaculairement ressortir son ventre. Voilà pourquoi je me suis décidé à aller courir une deuxième fois avec lui, puis une troisième...

Au bout d'un moment, pour pimenter la chose, nous avons commencé à faire la course en arrivant à proximité de la maison. Au départ, pour l'encourager, je le laissais gagner. Puis je me suis aperçu que, de toute manière, c'est lui qui gagnait ! Alors là, nous avons vraiment commencé à faire la course.

Courir ne vous muscle pas la tête, c'est vrai, mais je dois admettre que mon père avait accompli des progrès physiques stupéfiants. Non seulement il avait commencé à perdre du poids, mais ses problèmes de peau semblaient s'arranger, et même son allure avait changé. Lui qui était constamment voûté, il se tenait désormais les épaules bien droites.

Tout ça commençait à devenir très intéressant.

Restait le problème de ses vêtements. Il ne voyait vraiment pas l'utilité de se racheter quoi que ce soit. Claire et moi avons donc mis au point un plan subtil. J'ai dit à mon père que j'avais besoin de nouvelles affaires. Gentiment, il a donc accepté de m'accompagner en ville. J'ai alors prétendu que je ne trouvais rien de bien. Mais ma sœur et moi n'arrêtions pas de répéter : « Ça, ce serait parfait pour toi, papa. » Claire était particulièrement douée pour convaincre papa de faire des essayages.

Finalement, il a acheté trois nouvelles chemises (dont une vraiment super, en jean, que j'aimerais bien pouvoir lui emprunter à l'occasion), deux pantalons un peu habillés et même une paire de chaussures.

— Il va carrément assurer, habillé comme ça, ai-je dit. Maman va avoir du mal à le reconnaître.

— Et il a retrouvé une superbe silhouette, c'est incroyable, a ajouté Claire.

— Il a bien perdu dix kilos, tu ne crois pas ?

— Facile. Son ventre a pratiquement disparu. Et sa démarche est plus confiante, tu ne trouves pas ?

— J'espérais que tu allais remarquer ça aussi.
— Et ses boutons ? a continué Claire. Disparus ! C'est génial, il n'y a plus que ses cheveux.
— Je sais. Coiffé comme ça, on dirait qu'il a un nid d'oiseau sur la tête. Nous devons faire quelque chose.
— Et comment se débrouille-t-il côté cuisine ?
— Ça vient. Il fait toujours tout cuire à feu très fort et laisse les légumes dans l'eau bouillante jusqu'à décomposition, mais il y met beaucoup de bonne volonté. L'autre jour, je l'ai même surpris à étudier le livre de cuisine prêté par Denise.
— C'est un signe vraiment encourageant, a estimé Claire. Et devine quoi ? Hier j'ai surpris maman dans ma chambre en train de regarder toutes les photos accrochées au mur. Elle les observait de très près, pour bien voir ce qu'il y avait sur chacune. Elle souriait aussi. Papa avait le truc pour la faire rire, non ?
— Oui, c'est sûr.
— Je crois qu'elle se rappelait tout ça.
— Attends de voir quand elle va découvrir que papa fait maintenant la cuisine et le ménage. Elle va être tellement contente.

Tout semblait aller pour le mieux. Jusqu'à ce que Claire me lance un SOS totalement inattendu.

Chapitre 17

Je venais juste de rentrer à la maison et j'écrivais un petit mot à papa pour lui expliquer que j'étais à la laverie, que je n'en aurais pas pour longtemps, quand Claire a appelé.

– Ouf, tu es là !

Elle avait le souffle court.

– Que se passe-t-il ?

– Il y a quelques minutes, on a sonné à la porte. C'était un homme qui venait livrer un énorme bouquet de fleurs pour maman. Des roses rouges, entourées d'une feuille d'argent et...

– On s'en fiche de ça. Qui les a envoyées ? Non, laisse-moi deviner : Roger !

– Et tu sais ce qu'il a écrit sur la carte ? « Pourrais-je vous emmener dîner ce soir ? Chaleureusement vôtre, Roger. »

Quand un homme propose à une femme de l'emmener dîner un soir, c'est le début des ennuis, non ? Lee m'avait expliqué que depuis que Martin avait invité sa mère au restaurant un soir, ils ne se quittaient plus. Et Martin est pratiquement tout le temps chez Lee maintenant.

Vous imaginez Roger tout le temps planté chez moi ? Non, même pas dans mes pires cauchemars.

– Est-ce que maman a vu ces fleurs ?

– Non, pas encore, c'est pour ça que je t'appelle. Elle avait une réunion importante. Tu crois que je dois les jeter ?

– Oui, ai-je répondu sans hésiter.

Puis j'ai réfléchi un petit instant.

– Non, parce qu'il va certainement appeler pour lui demander si elle a apprécié le bouquet. Et maman va se douter de ce que tu as fait et prendre le parti de Roger.

– Je pourrais mettre quelques roses la tête en bas ?

– Bonne idée, mais là encore, elle serait en colère contre toi, et nous voulons qu'elle soit en colère contre Roger.

Je me creusais la tête…

– Ou écœurée par lui, ou…

J'ai soudain eu un éclair de génie.

– Claire, écoute-moi. Tu prends les fleurs et tu vas les cacher dans ta chambre.

– D'accord.

– Je vais vite partir et essayer d'arriver à la maison avant maman.

– Mais comment tu vas faire ? s'est inquiétée Claire. Tu vas mettre un temps fou en bus.

— Je ne vais pas venir en bus. Je vais utiliser l'argent que m'a donné Roger pour prendre un taxi. Je ne vois pas de meilleure occasion pour le dépenser, tu ne crois pas ?

J'ai entendu ma sœur ricaner à l'autre bout de la ligne.

— Et je vais apporter quelque chose avec moi.
— Quoi ?
— Tu verras, mais je vais saboter comme il faut le cadeau de Roger.

Moins d'une demi-heure plus tard, je descendais du taxi. Je l'ai fait s'arrêter un peu avant chez moi. Je ne voulais pas qu'un de nos voisins dise à maman : « J'ai vu Joe descendre d'un taxi aujourd'hui. J'espère que tout va bien. » Elle ne devait absolument pas se douter que j'étais venu aujourd'hui.

J'ai payé la course (du vol !) et je me suis précipité à la maison. Il faisait très beau et très chaud, mais je portais un manteau et, cachée sous ce manteau, se trouvait une chose vitale pour la réussite de cette mission.

Claire m'attendait à la porte.
— Tu as réussi, super !
— Tout n'est pas fini… Courage, tiens bon !

Elle était complètement agitée, son visage était écarlate.
— Mais qu'est-ce que tu comptes faire ? C'est quoi ton plan ? gémissait-elle.

J'ai passé la main sous mon manteau et j'en ai retiré le plus laid, le plus répugnant, le plus vulgaire bouquet de roses en plastique que vous ayez jamais vu.

— Regarde-moi ça, tu as déjà vu quelque chose d'aussi écœurant ?

— Non, jamais, c'est une réussite ! s'est-elle écriée. Mais où as-tu bien pu trouver ça ?

— Chez *Affaires à faire*, elles étaient dans la vitrine, soldées à moitié prix.

— Je ne suis pas surprise.

Un sourire a éclairé son visage.

— Et tu vas mettre ce bouquet à la place de l'autre, c'est ça ?

— C'est exactement ça. Et quand Roger appellera – ce qu'il ne va pas manquer de faire – pour demander à maman si elle a bien reçu les fleurs, elle répondra : « Oui, merci, je les ai bien reçues, elles étaient superbes », parce que les adultes ne disent jamais la vérité dans des cas pareils. Mais au fond d'elle-même maman va penser : « Tu as osé m'envoyer des fleurs en plastique, c'était grossier et de mauvais goût, jamais je n'accepterai d'aller dîner avec quelqu'un comme toi. »

— C'est une idée purement et simplement géniale ! s'est écriée Claire.

— J'étais persuadé que ça te plairait, lui ai-je dit en esquissant une petite révérence. Viens vite, nous n'avons pas beaucoup de temps.

J'ai posé les fleurs en plastique sur la table de la cuisine.

— Elles sont tellement laides que je les trouve presque émouvantes, ai-je fait remarquer. Tu as la carte de Roger ?

— Oui, a répondu Claire. Je me demandais juste si tu voulais que j'ajoute quelque chose en imitant son écriture.

— Non, c'est inutile, les fleurs parlent d'elles-mêmes.

J'ai posé la carte dans le bouquet.

— Parfait.

Claire observait le résultat. Elle a été agitée d'un léger frisson.

— Qu'est-ce qu'il y a ?

— Rien, c'est juste que…

Elle a secoué la tête.

— Non, rien, je t'assure.

Je lui ai souri.

— Je parie que tu n'avais rien fait d'aussi terrible avant, c'est ça ?

Elle a rougi.

— Mais si.

— Et quoi ?

— Eh bien, tu te souviens quand j'ai manqué l'école en prétendant être malade.

— Et puis ?

Claire s'est mise à rougir de plus belle.

— Je n'arrive plus à me souvenir.

– T'inquiète, si les choses tournent mal, l'ai-je rassurée, tu n'as qu'à dire que c'est moi.

– Non, certainement pas. N'oublie pas que c'est moi qui t'ai appelé. Sinon, tu n'aurais jamais…

Elle s'est soudainement figée.

– Je crois entendre une voiture.

Elle s'est précipitée dans le salon avant de revenir comme une flèche dans la cuisine.

– C'est elle, maman arrive !

– Bien, elle ne doit surtout pas me voir, elle trouverait ça louche, je vais donc sortir par la porte de la cuisine.

C'est alors que je me suis souvenu d'une chose.

– Et les vraies fleurs ? Où sont-elles ?

– Je les ai mises dans ma chambre, comme tu me l'avais demandé. J'avais une idée à ce sujet. Je pourrais les garder cachées ce soir et, demain, je rédigerais une carte avec l'écriture de papa pour faire croire que c'est lui qui les a envoyées et…

– Non, non, l'ai-je interrompue. Papa ne parle même plus à maman. Pourquoi lui enverrait-il des fleurs ? Et que se passera-t-il si maman l'appelle pour le remercier ? Il n'aura pas la moindre idée de ce qu'elle lui raconte.

En voyant combien Claire avait l'air déçue, j'ai ajouté :

– C'est une idée brillante, mais trop risquée. Je crois qu'il vaut mieux faire disparaître ces roses. Je vais les emporter avec moi. Tu veux bien aller me les chercher rapidement ?

Elle est montée à l'étage en deux bonds, avant de redescendre en deux autres bonds. Elle m'a tendu les fleurs, ses mains tremblaient légèrement.

— Je vais m'en occuper, l'ai-je rassurée.

J'étais sur le point de partir quand Claire m'a tendu un billet de vingt livres.

— Attends, prends ça. C'est l'argent que Roger m'avait donné. Pour ton retour en taxi.

— Oh, bien vu ! Je suis fauché, tu m'as évité une longue balade à pied pour rentrer chez papa.

Nous avons entendu une clef dans la serrure.

— Couvre ma sortie, ai-je chuchoté. Retiens maman dans le couloir de l'entrée aussi longtemps que tu le pourras. Et parle fort, la porte de derrière grince un peu.

Claire a immédiatement disparu. Alors que je me dirigeais vers la sortie, je l'ai entendue dire :

— Ah, maman, enfin ! Je commençais à m'inquiéter !

Elle parlait si fort qu'elle criait presque.

— Mais tu n'as pas eu mon message, ma chérie ?

— Si, mais je n'aime pas me retrouver seule à la maison.

— Oh, mon amour, je suis désolée, lui a répondu ma mère.

J'étais en train d'ouvrir la porte, qui a émis son grincement habituel, mais Claire était toujours en train d'expliquer en hurlant à quel point ma mère lui avait manqué. C'était du grand art.

Je me suis retrouvé dehors. J'ai refermé délicatement derrière moi et je disparaissais juste au coin de la maison lorsque je les ai entendues entrer dans la cuisine. Claire annonçait :

— Tiens, on a livré des fleurs pour toi, maman.

« Il faut que j'entende ça », ai-je pensé.

— Des fleurs pour moi ? s'est exclamée maman.

On sentait le petit tremblement d'émotion dans sa voix lorsqu'elle a ajouté :

— Mais c'est vraiment trop…

Puis elle a découvert la chose ; elle a émis ce que l'on pourrait décrire comme un hoquet un peu particulier. Le genre de bruit que font parfois les éviers quand ils sont à moitié bouchés.

Elle a finalement réussi à murmurer :

— Parfait, c'est vraiment très très gentil de sa part.

J'ai dû mettre la main devant ma bouche pour ne pas éclater de rire.

— C'est de la part de qui ? a demandé innocemment Claire.

— C'est de la part de Roger, a répondu maman très doucement. C'est très original, non ?

— Tu veux que je les mette dans un vase, maman ? a demandé Claire. (Bien joué !)

— Eh bien… a hésité ma mère, plus tard peut-être. Je dois admettre que je ne raffole pas des fleurs en plastique. Elles ressemblent si peu aux vraies, quel intérêt de toute manière ? Il y a tant de belles fleurs dans la nature, quel besoin de fabriquer des fleurs artificielles ?

« Roger, mon pote, ai-je pensé, te voilà bel et bien grillé. »

Mais je n'ai pas voulu traîner trop longtemps dans les parages, la dernière chose que je souhaitais, c'était que maman me découvre caché dans le jardin avec un superbe bouquet de roses à la main.

Je suis sorti par le portail de derrière et j'ai été au petit trot jusqu'au bout de la rue. Le bouquet faisait une énorme bosse sous mon blouson.

Je me suis dirigé vers la rue commerçante où j'ai rapidement repéré une cabine téléphonique. J'ai appelé un taxi. Pendant que j'attendais, j'ai regardé de plus près le cadeau de Roger.

Je ne suis pas un grand spécialiste des fleurs, mais je pouvais affirmer sans crainte de me tromper que ce bouquet avait dû lui coûter un maximum. Roger était vraiment déterminé à entrer dans la vie de maman (et dans la nôtre). Pour être honnête, il commençait à m'inquiéter sérieusement. J'étais content que nous ne soyons plus qu'à deux semaines et demie de mon anniversaire, de ce jour où nous allions dévoiler notre « père nouvelle version ».

Je devais maintenant me débarrasser de ces roses, mais je ne savais pas trop quoi en faire. Il y avait du monde partout, et si je les laissais dans un coin quelqu'un serait capable de me courir après pour me les redonner. Je n'avais toujours pas pris de décision quand mon taxi est arrivé.

Je suis monté à l'arrière avec mes roses.

– Elles sont superbes, a remarqué le chauffeur.
– Mmmm, ai-je grommelé.
– Elle va être contente, hein ? m'a-t-il dit en me regardant d'un air entendu.
– Oh, non, ai-je immédiatement protesté. Je... je m'en occupe simplement, pour quelqu'un...
– Tu les emmènes faire un tour, c'est ça ?
Il s'est trouvé très drôle et a éclaté de rire.
Je suis descendu un peu avant d'arriver chez mon père. Je ne pouvais certainement pas rapporter ces fleurs chez lui. Mes yeux sont tombés sur une énorme poubelle. Parfait, j'allais les jeter là et on n'en parlerait plus. J'étais sur le point de le faire lorsque j'ai entendu une voix derrière moi :
– Bonjour, Joe.
Je me suis retourné pour découvrir Denise, tout sourire.
– Comment vas-tu, mon chéri ?
– Très bien, merci.
– Ces roses sont absolument superbes.
J'ai eu une inspiration soudaine.
– En fait, elles sont pour vous, ai-je annoncé en lui tendant le bouquet.
Elle a failli s'évanouir sous le coup de la surprise.
– Pour moi ?
Elle était flattée, et émue.
– Oui, je venais pour vous les offrir. Pour vous remercier de votre aide et de tous les bons conseils que vous me donnez chaque fois que je viens faire

des courses. Et pour nous avoir prêté votre livre de cuisine aussi.

— Mais, Joe, ce n'est rien, et puis ça a dû te coûter une fortune. Je ne peux pas accepter.

— Mais papa aussi a participé, me suis-je empressé d'ajouter. Il ne voulait pas que je vous le dise, il est très timide, vous savez. Alors si vous le voyez, inutile de lui en parler.

Elle était bouleversée.

— Je ne sais pas quoi dire. Tu sais, je suis incapable de me rappeler la dernière fois que quelqu'un m'a offert des fleurs.

— Vraiment ?

— Oui, et comment as-tu deviné que les roses rouges étaient mes fleurs préférées ?

— Un coup de chance. Bon, je vais devoir filer, alors… portez-vous bien et à bientôt !

Je suis parti en courant, plutôt fier de moi. J'avais sauvé maman des griffes de Roger et j'avais rendu Denise Hammond heureuse. Ce n'était pas mal en un seul après-midi.

Chapitre 18

Sans prévenir, douze jours avant mon anniversaire, mon père a lâché une bombe.

Nous étions dimanche après-midi, Claire était avec moi chez lui. Nous venions juste de finir une salade de poulet préparée par ses soins, et nous avions engagé une conversation sur le thème de ses cheveux. Claire devait le décider à se rendre chez le coiffeur pour changer sa coupe. Elle trouvait vraiment les bons arguments pour le convaincre, enfin je croyais.

Car soudain papa s'est redressé sur sa chaise avec un petit sourire au coin des lèvres, en annonçant :

– J'ai parfaitement compris ce que vous manigancez tous les deux.

Ma sœur et moi avons échangé des regards stupéfaits. J'étais bien déterminé à ne pas cracher le morceau.

– Ah oui ? ai-je fait, aussi naturellement que possible.

– Oui, oui, a-t-il répondu.

Le petit sourire en coin avait disparu. Il s'est penché vers nous.

— Le message de Jimmy Craig, sur le répondeur, vous l'avez écouté tous les deux, je me trompe ?

— C'était totalement par hasard, ai-je expliqué. Je croyais que c'était Lee. Mais c'est vrai, nous l'avons écouté.

— Et vous savez donc que j'ai perdu mon emploi.

— C'est ce que nous avons cru comprendre, oui, ai-je confirmé.

— Et nous sommes vraiment désolés, a ajouté Claire. Ça a dû être un choc terrible.

— Oui, en effet, a repris papa. Après vingt-deux ans… ce n'est pas rien.

Je croyais qu'il allait s'arrêter là. Mais, après un court instant de silence, d'une voix très faible, proche du murmure, il a repris :

— Je n'ai jamais été ce qu'on appelle quelqu'un d'ambitieux. J'ai trouvé un emploi que j'aimais bien, et je me suis accroché. Je ne cherchais pas à progresser, pour finir enfermé dans un bureau toute la journée. Mon ancien patron et moi, nous nous entendions à merveille. Mais, l'année dernière, il a pris sa retraite et a été remplacé par un type aux dents longues, le genre qui croit tout savoir. Un type très jeune, beaucoup plus jeune que moi. Dès le départ nous ne nous sommes pas très bien entendus. Il n'arrêtait pas de nous bombarder de notes et de directives, que je finissais la plupart du temps par mettre à la poubelle.

— C'est tout ce qu'elles méritaient, l'ai-je interrompu.

— Il nous envoyait aussi des quantités de courriels. Je n'y prêtais pas beaucoup plus d'attention. Je pensais être là depuis si longtemps que cela me conférait certains privilèges, comme décider de faire les choses comme je l'entendais, mais je me trompais. Quand ils ont commencé à réorganiser les zones de vente et qu'ils ont décidé qu'ils n'avaient plus besoin que de quatre représentants au lieu de cinq comme avant… c'est moi qui ai tiré le mauvais numéro.

— C'est injuste ! s'est écriée Claire.

— C'est tant pis pour eux, ai-je ajouté.

— Non, c'est tant pis pour moi, a rectifié papa. J'aurais pu garder mon travail si je n'avais pas été si prétentieux et si stupide. J'étais très en colère contre moi-même. Et je n'avais pas le courage de vous avouer la vérité. J'étais même incapable de venir vous voir. C'est pourquoi j'ai inventé cette histoire de voyage en Belgique.

— Alors qu'en fait tu es resté seul ici durant tout ce temps, ai-je répondu, compatissant.

— C'est exact. Ensuite, je suis vraiment tombé malade, j'ai attrapé la grippe et je me suis enfermé ici. Je ne voulais plus voir personne, je…

Papa a marqué une pause. Nous n'osions pas faire le moindre bruit, ma sœur et moi. Papa avait décidé de se confier à nous, nous ne voulions pas briser le charme.

Il s'est remis à parler, plus rapidement :

– Je restais assis là toute la journée, réfléchissant à ce que j'avais fait de ma vie, et m'enfonçant de plus en plus dans la dépression. Je n'ai bientôt plus été capable de rien, plus utile à personne.

Il a fixé Claire.

– Jusqu'à ce que ton frère apparaisse. Il m'a forcé à réagir, à faire des choses, comme nettoyer et ranger la maison : il a même eu le culot de m'obliger à respecter son satané tableau. J'ai dû courir tous les soirs.

Il s'est mis à rire.

– Il était bien décidé à ne pas me laisser un seul moment de répit où j'aurais pu recommencer à me lamenter sur moi-même. Mais je pense que tu étais aussi dans le coup.

– Oui, a avoué Claire en souriant. J'étais aussi dans le coup.

– Je m'en doutais. Vous faites une belle paire de comploteurs tous les deux.

Il a ri de nouveau, en frappant la table si fort du plat de la main que les tasses ont tremblé.

– Je sais aussi que vous m'avez poussé à faire la cuisine moi-même pour dépenser moins. Et je suis effectivement très surpris de voir ce que j'ai pu économiser. Mais ne vous inquiétez pas pour ça, j'ai touché de grosses indemnités, je gagne un peu d'argent avec la boutique chaque mois et...

Sa voix est montée d'un ton.

– J'ai reçu un appel de Jimmy Craig hier. Un de ses amis recherche un représentant expérimenté.

– Et il n'y a pas plus expérimenté que toi, ai-je remarqué.

Papa a une nouvelle fois éclaté de rire.

– Il m'a proposé d'aller discuter avec lui. Voilà simplement où nous en sommes pour le moment. Mais quand j'irai me présenter avec ma nouvelle coupe de cheveux…

Il a lancé un clin d'œil à Claire.

– Eh bien, qui sait ?

Adoptant un ton beaucoup plus solennel cette fois, il a ajouté :

– Je vous suis très reconnaissant, à tous les deux.

– Pas la peine de nous remercier, papa, suis-je intervenu. Promets-nous simplement une chose : quoi qu'il arrive à l'avenir, tu ne nous refais plus jamais le coup de la disparition, d'accord ?

Papa nous a regardés, Claire et moi, et nous l'avons fixé intensément lorsqu'il a déclaré avec une grande fermeté :

– Je vous le promets.

Chapitre 19

Papa avait bien deviné la moitié de notre plan. Nous voulions effectivement qu'il retrouve la forme et qu'il se remette au travail. Mais ce qu'il n'avait pas deviné, c'est que nous avions aussi des projets bien plus ambitieux que ça pour lui. Nous voulions également qu'il retrouve sa femme.

Et le jour tant espéré approchait rapidement. Avec Claire, nous avons donc décidé d'entrer dans la dernière phase du plan PNV.

Premièrement, j'ai demandé à mon père si je pouvais fêter mon anniversaire chez lui.

– Bien entendu, il n'y a pas de problème, a-t-il répondu. Dis-moi simplement combien de copains tu comptes inviter – mais évite de m'annoncer un nombre à trois chiffres.

– En fait, je voudrais que ce soit l'occasion de faire une fête de famille.

Au cas où il n'aurait pas bien compris le message, je lui ai précisé ce que j'entendais par là :

— Il y aurait donc toi, Claire, moi et... maman.

Je l'ai vu déglutir avec difficulté deux ou trois fois avant de dire :

— Si c'est ce que tu souhaites... parfait.

Plus tard dans la semaine, je suis allé voir maman pour lui parler de mon projet. Elle était surprise que je ne veuille pas faire ça chez elle.

— Je croyais que tu avais prévu de revenir vivre ici le jour de ton anniversaire ?

— Oui, je reviendrai, juste après la fête organisée chez papa.

— Je vois. Et ton père est au courant que je dois...

— Oui, et il est très content.

Ma mère me regardait d'un air peu convaincu. Après un court instant de silence, elle a annoncé :

— Bien, je préparerai un dessert, et je pense que tu t'attends aussi à ce que je t'aide pour le reste.

J'étais sur le point de lui dire : « Non, papa va nous préparer un repas », mais j'ai décidé de me taire, pour que la surprise soit plus grande encore.

J'ai également estimé que ce serait une bonne idée d'inviter un ami à cette fête : Lee. Après tout, il m'avait beaucoup aidé ces dernières semaines. Il avait bien mérité d'être là. Claire était d'accord.

Lee était super content de venir, mais à la dernière minute il a appris que son père allait lui rendre visite le 19.

— Il sera avec Flora ?

— Il aurait bien voulu, mais ma mère l'a prévenu

qu'elle ne la laisserait pas entrer chez elle. Alors il vient seul.

—Eh bien, propose-lui de t'accompagner.

Lee a réfléchi un instant.

—Non, je pense que ce serait un peu gênant que mon père arrive comme ça, après tout ce temps. C'est mieux que je ne vienne pas... Mais tu me feras un rapport complet, d'accord ?

—Promis, lui ai-je répondu. Je sens que ça va être chaud.

Tout s'est bien passé jusqu'au samedi après-midi... le dernier samedi avant mon anniversaire.

De manière complètement inattendue, ma mère m'a demandé :

—Joe, un petit cadeau en plus, ça te ferait plaisir d'aller au cinéma pour assister à la première d'un film, juste la veille de ton anniversaire ? J'ai aussi un billet pour ta sœur.

—Oui, j'aimerais bien, c'est quoi comme film ?

—Je ne suis pas certaine du titre. Je me souviens que c'est avec Jim Carrey et que c'est une comédie.

—Ça me suffit, c'est bon, on y va. D'accord ? ai-je dit en me tournant vers Claire.

Elle a acquiescé avec entrain.

—Génial, je ne suis jamais allée à une première.

—Moi non plus. C'est un scandale qu'une personnalité comme moi, incontournable, n'ait jamais été invitée...

—Ce qui est encore plus scandaleux, m'a interrompu maman, c'est que moi non plus je ne sois jamais allée à la première d'un film.

— Comment as-tu eu les billets ? ai-je demandé.

— En fait, a-t-elle expliqué, c'est Roger qui les a eus.

— Roger ! me suis-je écrié.

On aurait pu espérer que certains indices nous permettraient de soupçonner son retour dans notre vie. Je ne sais pas, moi, qu'une puissante alarme se serait déclenchée, qu'une meute de chiens hurlants aurait fait plusieurs fois le tour de la maison en courant.

En attendant, c'est moi qui hurlais intérieurement. Roger… je pensais que le coup des fleurs en plastique l'avait définitivement éliminé de la course. Mais non, il essayait encore de s'infiltrer sournoisement dans nos existences.

Et ma mère n'avait-elle pas rougi en prononçant son prénom ? J'espérais bien que non, parce que je savais que c'était très très très mauvais signe.

En voyant nos visages horrifiés, elle s'est empressée d'ajouter :

— Roger ne viendra pas avec nous. Il sera en déplacement professionnel à l'étranger, mais il sait que ton anniversaire est vendredi prochain.

— Et comment le sait-il ? ai-je voulu savoir.

— C'est moi qui ai dû lui dire.

— Mais, maman, c'est ma vie privée ! me suis-je exclamé.

— Oh, ne sois pas bête, mon chéri. C'est venu comme ça simplement dans la conversation, et puis il m'a parlé de ces billets qu'il ne pouvait pas utiliser…

— Nous non plus! ai-je lancé.

Puis je me suis tourné vers Claire pour avoir son soutien.

— Non, nous ne pouvons pas, a-t-elle immédiatement confirmé.

— Oh, s'il vous plaît, a commencé maman, vous êtes tous les deux si…

En lisant la détermination sur nos visages, elle a repris :

— D'accord, mais vous serez les premiers à le regretter. Ça aurait été vraiment super.

Je devais avouer qu'elle avait raison. Pourtant, il était impossible d'accepter quoi que ce soit de Roger, il se servait de ces billets pour nous acheter. Tout ça faisait partie de son petit plan bien huilé pour nous mettre dans sa poche et, bien entendu, pour impressionner ma mère aussi.

On ne peut pas dire que maman a été désagréable avec nous le reste de la journée, mais elle est demeurée plutôt distante et pensive. Je me demandais ce qui lui plaisait réellement chez Roger. Impossible qu'elle le trouve séduisant. Je ne voulais même pas penser à ça, c'était trop dégoûtant.

Non, simplement ma mère était légèrement impressionnée par le poste qu'il occupait – et par la manière dont il jetait son argent par les fenêtres.

J'étais certain qu'il allait revenir à la charge.

C'était aussi prévisible qu'une mauvaise note à un contrôle de maths. Mais je ne l'attendais pas si tôt : le mardi suivant, pour être précis...

Il était cinq heures, et je m'apprêtais à sortir pour aller faire quelques courses chez Denise (omelette aux champignons, pour le dîner) lorsque le téléphone a sonné.

– Joe, c'est moi, a annoncé ma sœur d'une voix d'outre-tombe.

J'ai immédiatement deviné qu'il se passait quelque chose de grave.

– Je vais faire vite parce que maman parle avec une voisine sur le pas de la porte et elle ne va pas tarder à revenir. Il y avait un message de Roger sur le répondeur. Je viens juste de l'écouter. Il expliquait qu'il était parti en Allemagne pour quelques jours mais qu'il serait de retour vendredi et qu'il avait un cadeau pour toi.

– Quoi !

– Il y a pire. Il est au courant que nous fêtons ton anniversaire chez papa et demande s'il peut venir faire un saut pour te l'apporter lui-même.

– Non ! ai-je hurlé. Impossible qu'il rôde dans les parages le jour même où papa et maman vont se réconcilier. Il ne va pas tout saboter maintenant, quand même !

– Je sais ! a hurlé Claire à son tour. Le problème c'est qu'il dit qu'il a oublié le numéro de la maison de papa et il veut que maman le rappelle avant sept heures pour lui redonner l'adresse complète parce qu'il prend l'avion ce soir. Alors, qu'est-ce que je dois faire ?

—Maman a écouté le message ?

—Non.

—Efface-le.

—C'est déjà fait.

—Oh ! ai-je dit, un peu surpris. Belle initiative. Il faut maintenant que tu éteignes le portable de maman car il va certainement essayer de l'appeler dessus.

—Il est déjà éteint. J'ai vérifié. C'est pour ça qu'il a dû appeler sur le fixe.

—Bien. Chaque fois que le téléphone sonne, tu te précipites pour répondre.

—Mais s'il rappelle, qu'est-ce que je vais bien pouvoir lui dire ?

Elle commençait à paniquer.

—Nous pouvons lui raconter que nous avons annulé la fête, ai-je proposé.

—Oui, a approuvé Claire. Et il va y croire ? Il ne faut pas qu'il rappelle maman plus tard, pour vérifier. Je pourrais lui donner une mauvaise adresse ?

—Le problème, c'est qu'il ne va pas s'éterniser à cette mauvaise adresse et, de toute façon, il connaît le nom de la rue où habite papa.

Claire a poussé un gros soupir.

—Nous voulions que ce vendredi soit parfait, et voilà que tout est gâché.

—Non, pas encore. Nous allons nous montrer plus

malins que Roger si nous réussissons à le tenir à distance vendredi… parce que, ensuite, ça n'aura plus d'importance. Tu sais, une fois que maman aura vu papa en pleine forme, bien habillé, qu'elle aura goûté à sa cuisine, elle va vite oublier Roger.

— Je crois que maman revient, a chuchoté Claire. Oui, c'est elle.

— Je te jure que je vais trouver une solution. Je te rappelle.

— D'accord, mais fais vite, Joe !

Elle a raccroché. J'ai commencé à tourner en rond dans la pièce. Comme les penseurs de l'Antiquité, je pense mieux en marchant. Mais aujourd'hui, rien ne venait.

Puis papa est rentré et s'est mis à me parler. Je n'arrivais plus du tout à me concentrer. Finalement, je lui ai dit que je sortais faire les courses pour ce soir.

J'allais et venais dans le magasin en attendant que Denise finisse de servir un autre client, toujours incapable de trouver une solution. Puis elle s'est précipitée vers moi.

— Bonsoir, Joe. Alors qu'est-ce qu'il te faut pour ce soir ?

— Oh, juste des œufs et des champignons, ai-je répondu.

J'ai donné l'argent à Denise. Elle me regardait d'un air inquiet.

— Quelque chose ne va pas ? Tu n'es pas très bavard aujourd'hui.

Je me suis forcé à sourire.
— Si, si, ça va.
— Tu penses à ton anniversaire, vendredi, c'est ça ?
J'ai hoché la tête. C'était ça.
— Tu fais une fête à la maison ?
— Oui, ai-je répondu vaguement.
— Je te dis ça parce qu'une salle s'est libérée au centre de loisirs pour vendredi. Nous en louons parfois à des particuliers, et quelqu'un a annulé. Si par hasard tu avais voulu un peu plus de place tu aurais pu l'utiliser. En plus, l'inconvénient de faire les anniversaires chez soi, c'est la casse. Je me souviens quand mon fils a fêté ses seize ans...

Denise continuait de parler mais j'avais arrêté de l'écouter, une idée m'était soudain venue, comme une illumination. Je savais ce que j'allais faire de Roger. J'avais envie de crier : « *Eurêka ! Eurêka !* » Au lieu de ça, je me suis exclamé :
— Denise, vous me sauvez la vie, parce que je cherchais justement un endroit où organiser ma fête, et une salle du centre de loisirs, c'est tout à fait ce qu'il me faut. Vous pourriez me la réserver immédiatement avant qu'une autre personne la prenne ?
— Bien entendu, mon chéri.
Elle a sorti un carnet pour noter.
— Tu la veux pour quelle heure ?
— Cinq heures.
— Parfait, a-t-elle dit en inscrivant l'horaire. Et tu en as besoin combien de temps ?

– Une demi-heure, une heure au plus.
– C'est tout ?
– Oui, je vais faire quelque chose de très court, parce que les gens ne pourront pas rester longtemps.
– Ah, d'accord... Bon, je te la réserve pour deux heures de toute manière. Et je vais demander quelqu'un pour me remplacer ici, comme ça je pourrai être là aussi.
– Excellent ! Mais je dois vous laisser, il faut que je passe un coup de téléphone urgent. À bientôt !

Je suis retourné à la maison en courant. J'ai pratiquement lancé les commissions à papa en lui disant :
– Tu pourrais commencer à préparer le dîner tout seul ce soir, je dois absolument appeler quelqu'un pour... pour mes devoirs.
– Alors ça, c'est une première, a déclaré mon père en riant.

J'ai ri aussi, j'ai allumé bien fort la radio dans la cuisine et je me suis jeté sur le téléphone de l'entrée.

Claire a répondu immédiatement.
– Maman est dans les parages ? ai-je demandé.
– Oui.
– Alors tu te contentes de m'écouter. Je veux que tu appelles Roger dès que maman aura le dos tourné et que tu te montres aussi aimable que possible. Dis-lui qu'elle est sortie, que c'est pour cette raison que tu le rappelles, d'accord ?
– D'accord, a chuchoté Claire.
– Ensuite, tu lui diras que mon anniversaire ne se

fait plus chez papa, mais au centre de loisirs, en haut de la même rue. Et que la fête commencera à cinq heures précises.

— Mais pourquoi veux-tu que je lui dise ça ? a-t-elle protesté tout bas.

— Parce que, cette année, je vais avoir deux fêtes d'anniversaire.

Chapitre 20

— Alors si vous pouviez apporter quelques petites choses à manger en plus, Denise, ce serait génial.

Le lendemain, j'avais invité Denise à boire le thé avant qu'elle prenne son service au magasin. Mon père travaillait à *Fantastique en tout genre* et ne devait pas rentrer très tôt (pour cause d'inventaire), je pouvais donc discuter tranquillement de mon anniversaire avec elle.

— Avec plaisir, je vais préparer ça demain. Et qu'est-ce que tu dirais d'un beau gâteau d'anniversaire ?

— Nous n'avons encore rien décidé à ce sujet, ai-je murmuré.

— Parfait, tu me laisses faire, je m'en occupe.

— Vous êtes sûre ?

— Oui, ça me fait très plaisir de préparer à nouveau des choses pour quelqu'un. Qu'est-ce que tu aimes ?

— Oh, j'aime tout, faites ce que vous voulez, et ce n'est pas nécessaire qu'il soit très gros.

Je me sentais coupable qu'elle se donne tout ce mal pour une « vraie fausse » fête d'anniversaire.

– Il y a autre chose, ai-je ajouté. Je ne suis pas très sûr du nombre de personnes qui vont venir à ma fête.

En fait, je le savais exactement : quatre. Il y aurait Roger et moi, et puis j'avais raconté à Lee ce que je préparais, alors il s'était proposé de venir grossir les rangs avec son père.

– Nous ne serons peut-être pas très nombreux, ai-je continué. Alors je me demandais si ça ferait plaisir à quelques employés du centre de venir ? Et peut-être à quelques enfants aussi ?

– Je suis certaine qu'ils vont beaucoup apprécier l'invitation, a estimé Denise. Mais tes parents ne vont rien dire s'ils voient tout ce monde-là arriver ?

– Non, ils ne diront rien.

– Parfait, alors je vais faire passer le mot. Je dois avouer que je suis impatiente de rencontrer Claire et ta mère… et de revoir ton père.

En fait, Denise n'était pas près de les voir vendredi, ni les uns ni les autres. Je devais la préparer.

– Pour tout vous dire, ce n'est pas sûr que ma mère soit là.

– Oh, mon pauvre, et pourquoi ? s'est-elle exclamée.

– Elle est plutôt débordée au boulot en ce moment. Si elle peut se libérer, elle viendra, mais elle ne pouvait pas me le promettre. Et mon père risque d'être en retard : il est en train de mettre de l'ordre dans son magasin. Vous imaginez le boulot !

– Oui, a-t-elle murmuré.

Elle semblait triste pour moi, elle s'est penchée pour me tapoter la main.

– Nous allons t'organiser une fête que tu n'es pas près d'oublier.

Elle continuait à me regarder avec cet air triste et compatissant, si bien qu'à la fin je n'ai pu résister. Je devais la mettre dans la confidence et lui avouer la vérité sur cette affaire.

– Pour tout vous dire, Denise, mais ça doit rester entre nous, je vais organiser deux fêtes d'anniversaire vendredi. Une se déroulera à la maison, la plus importante, parce que papa et maman seront de nouveau réunis. C'est la première fois qu'ils se reverront depuis des mois. Et papa va lui préparer un repas digne de ce nom.

– Mais c'est charmant, alors ils se parlent de nouveau ?

– À partir de vendredi, oui.

– Je vois, a répondu Denise, qui semblait cependant ne pas tout comprendre.

– Ma sœur et moi espérons qu'ils vont se remettre ensemble, parce que papa a complètement changé. Ma mère ne va pas en croire ses yeux.

– J'ai l'impression que ça va être une sacrée fête, a repris Denise.

– De la bombe.

– Et l'autre ? Celle du centre de loisirs...

– Ce n'est pas vraiment une fête, c'est juste un

leurre. Mais elle devra avoir l'air d'une vraie, pour éviter de mettre Roger sur notre piste.

— Là, je suis perdue.

— Pardon, je vais vous expliquer. Roger est le type qui tourne autour de ma mère depuis des mois. Il est aussi intéressant qu'un cours de grammaire et possède à peu près le charme d'un séchoir à linge. Mais il a beaucoup d'argent et beaucoup de… suite dans les idées.

— Je vois.

— Vous y croyez, vous ? Il s'est lui-même invité à ma fête ! Et la dernière chose que nous voulons, c'est qu'il débarque chez mon père. Ce serait une catastrophe nucléaire, pas vrai ?

Denise a acquiescé d'un signe de tête en souriant.

— Alors nous allons diriger Roger sur une autre fête… au centre de loisirs. Comme ça, il sera neutralisé pendant que papa et maman seront en pleine réconciliation. C'est vous qui m'avez donné cette idée, en fait.

— Vraiment ?

— Oui, l'autre jour à la boutique, quand vous m'avez demandé si je ne voulais pas louer la salle du centre de loisirs. Je ne vous remercierai jamais assez pour ça.

— Ce n'est rien, a-t-elle répondu, amusée.

— Vous avez réservé la salle pour cinq heures, c'est ça ?

Denise a hoché la tête.

– Voilà donc comment ça devrait se dérouler : Roger va arriver au centre de loisirs, en pensant que la fête a lieu là-bas. Je vais l'accueillir et le faire entrer. Bien entendu, il faut qu'il croie participer au véritable anniversaire. Tout doit paraître le plus authentique possible. Mais il n'est pas ce que j'appellerais un « joyeux fêtard ». Je suppose qu'il va arriver habillé en costume cravate, puis qu'il va rapidement s'asseoir dans un coin de la pièce pour lire le *Financial Times* en attendant ma mère. Qui, évidemment, n'arrivera jamais.

– Il ne va pas trouver tout ça un peu étrange ? m'a demandé Denise.

– J'ai une petite idée pour ça, ai-je avoué timidement. En fait, ça vous concerne. Ça vous embêterait de venir me voir vers cinq heures et demie et de m'annoncer bien fort, juste devant Roger : « Ta mère vient d'appeler pour prévenir qu'elle est coincée dans les embouteillages et qu'elle ne sera pas là avant un bon moment. Elle m'a dit de ne pas l'attendre et de couper le gâteau sans elle. » Alors j'irai couper le gâteau et Roger, qui ne sera là que pour voir maman, s'en ira discrètement et je pourrai retourner à ma vraie fête d'anniversaire…

Je me suis interrompu.

– Vous avez l'air sceptique, Denise.

– Oh, non…

– Écoutez, si vous ne voulez pas dire ça devant Roger…

— Ce n'est pas que je ne veux pas. C'est simplement que... c'est un peu compliqué pour moi. Ça me gêne d'intervenir comme ça directement dans la vie de tes parents.

— Je comprends parfaitement.

Après une courte pause, j'ai ajouté :

— Ça ne vous dérange pas de faire quelques gâteaux quand même ?

— Oh non, laisse-moi m'occuper de tout ça, a-t-elle répondu.

— C'est déjà beaucoup, merci. Et ne vous inquiétez pas pour Roger. J'irai moi-même le prévenir que ma mère est retardée. Il me croira, je n'ai pas une tête de menteur, si ?

Denise m'a souri.

— C'est exactement ce que Paul avait l'habitude de me dire. Et il était tout comme toi, on ne pouvait pas faire plus espiègle que lui.

Puis elle a regardé sa montre et s'est levée brusquement.

— Je dois filer. Mais ne t'inquiète pas, je vais te préparer une belle fête et j'espère que tout va bien se passer vendredi.

Elle s'est dirigée vers la porte avant de faire demi-tour.

— Tu me permets de te donner un conseil ?
— Bien entendu.
— Souviens-toi d'une chose, Joe : les adultes ne réagissent pas toujours aussi vite que vous l'aimeriez.

Parfois, ils sont un peu lents, ils compliquent les choses, a-t-elle expliqué en souriant. Mais en général, à la fin, ils sont toujours là où on les attend.

— Je vois ce que vous voulez dire, ai-je répondu. Mon père et ma mère se sont séparés à cause des mauvaises habitudes prises par papa, mais elles ont toutes disparu à présent. Claire et moi, nous l'avons fait travailler dur… Alors, quand maman va découvrir ça, elle ne va pas en croire ses yeux.

Chapitre 21

Je ne prétendrai pas que c'était la fête du siècle, un moment inoubliable, non. Mais si vous étiez passé au centre de loisirs ce vendredi un peu avant cinq heures et demie, vous auriez découvert une salle remplie de personnes de tous âges, en train de parler, de rire et même de danser (deux petites filles de maternelle qui s'amusaient visiblement comme des folles). En plus, il y avait foule autour du buffet et ça jouait sérieusement des coudes pour y accéder.

Tout était installé sur une longue table au fond de la pièce. Il y avait des assiettes débordant de confiseries et de biscuits, des petites saucisses, des chips et des cacahuètes, du jus d'orange, du soda... Et au beau milieu de tout ça trônait un énorme gâteau avec « Joyeux anniversaire Joe » écrit en lettres de sucre bleu. Denise avait dû passer la nuit à préparer tout ça, c'était vraiment superbe.

Une chose était étrange, cependant : aucune trace de Lee et de son père. Sinon, tout le monde était là... oui, même Roger qui était arrivé à cinq heures pile.

Il se promenait dans la salle, un verre de jus d'orange dans une main, une part de gâteau dans l'autre. Il portait un costume gris, mais il avait enlevé sa cravate et ne lisait pas le *Financial Times*. Au lieu de ça, il tapotait le sol du pied et hochait légèrement la tête au rythme de la musique, comme pour montrer qu'il avait ça dans le sang.

Je disais bonjour à mes « invités » lorsqu'il m'a fait signe d'approcher. J'ai jeté un rapide coup d'œil à ma montre. Il était cinq heures vingt-deux. Encore huit minutes avant de découper le gâteau, et la fin de la fête.

– La chanson que nous écoutons, m'a demandé Roger, elle est au hit-parade ?

– Elle y était il y a environ vingt-cinq ans, oui.

– Oh, je la trouvais entraînante et je me demandais si…

Sa voix s'est éteinte lentement, avant de repartir de plus belle :

– L'assemblée est composée de gens très différents, et tout le monde semble passer un agréable moment. Je suis très honoré que tu m'aies autorisé à me joindre à vous pour cette soirée si particulière.

Il a fait un large sourire, toutes dents dehors, à croire qu'il venait de gagner un oscar.

Il était affreusement aimable, ce qui me confortait dans ma crainte qu'il devait vraiment bien aimer ma mère. Je n'étais pas très rassuré. Plus tôt papa et maman seraient de nouveau ensemble pour de bon, mieux ce serait.

– Toujours aucune nouvelle de ta mère ? s'est-il renseigné.

– Non, toujours aucune.

– Ce n'est pas grave, j'aimerais t'offrir mon petit cadeau sans attendre. Rien d'exceptionnel, je le crains.

Effectivement, c'était une pochette de stylos.

– On n'a jamais assez de stylos, n'est-ce pas ? a commenté Roger.

– Non, ai-je murmuré.

Je me suis senti obligé d'ajouter :

– Merci.

Puis j'ai continué :

– Mais vous ne devriez vraiment pas gâcher votre argent pour quelqu'un que vous connaissez à peine.

– Pardon, qu'est-ce que tu as dit ? La musique est si forte que j'ai du mal à entendre correctement tes paroles.

Il s'est penché vers moi.

– Je disais que vous ne devriez vraiment pas gâcher votre argent pour quelqu'un que vous connaissez à peine.

Roger s'est encore approché de moi, il avait de petites perles de sueur sur le front.

– Eh bien, a-t-il repris, j'espère qu'avec le temps nous deviendrons… amis.

Je n'ai pas répondu, mais j'avais un peu la nausée.

– Et si jamais tu souhaites me parler ou me demander quelque chose…

J'en frissonnais rien qu'à l'idée.

– Comme quoi ? ai-je voulu savoir.

Il a hésité.

– Disons, heu…

– À propos des filles ou de trucs comme ça, par exemple ?

Il a soudain paru horrifié.

– Oh non, non. Des avis sur des sujets plus généraux.

– Mon père me donne tous les conseils dont j'ai besoin, merci.

J'avais dû dire ça plutôt sèchement, car il a reculé d'un pas et n'a plus rien ajouté. Puis il est allé s'asseoir sur une chaise près de la table.

Il avait l'air vraiment secoué, il n'arrêtait pas de changer de position comme s'il avait des fourmis dans les jambes. Je me suis dit qu'il ne tarderait plus à se lever pour rentrer chez lui. C'est en tout cas ce que j'espérais. Mais ce n'est pas ce qu'il a fait.

Alors, à cinq heures et demie, je suis revenu vers lui. Et je m'apprêtais à lui transmettre le message imaginaire de maman, quand Denise s'est approchée.

– Oh, Joe ! Je viens juste d'avoir ta mère au téléphone, a-t-elle annoncé précipitamment. Elle est coincée dans un énorme embouteillage et me charge de te dire que ça n'est pas la peine de l'attendre, tu peux découper le gâteau sans elle.

– A-t-elle dit vers quelle heure elle comptait arriver ? a demandé Roger avec anxiété.

— Non, mais ça risque de lui prendre un bon moment. Elle était vraiment désolée, mais elle ne pouvait rien y faire… en plus, ton père ne va pas tarder à arriver, non ?

— Oh oui, d'une minute à l'autre maintenant, ai-je menti.

Roger s'agitait, mal à l'aise. Denise est repartie.

— Merci infiniment, lui ai-je chuchoté. Ça paraît beaucoup plus crédible venant de vous.

— Pour t'avouer la vérité, mon chéri, il a l'air tellement mal à l'aise ici que je me suis dit que je devais faire quelque chose pour le sortir de cette galère.

On a soudain éteint la musique, baissé la lumière, et une énorme clameur est montée :

— Joyeux anniversaire, Joe !

Puis nous avons commencé à découper le gâteau.

Découper mon gâteau d'anniversaire, c'était un peu comme le générique de fin d'un film. Un signe que la fête allait bientôt se terminer. Après avoir dévoré leur part, les gens ont commencé à partir.

Mais pas Roger. Il ne faisait même plus semblant de passer un bon moment. Non, il était solidement installé sur sa chaise, avec l'air déterminé de celui qui attendra le temps qu'il faudra que le train arrive.

Le temps passait vite maintenant, il était déjà six heures cinq. Maman allait arriver d'un moment à l'autre chez papa. Et je voulais absolument être là lorsqu'elle le reverrait pour la première fois. Au lieu de quoi, j'étais coincé ici avec mon pire ennemi : Roger.

Denise s'est approchée de moi.

– Pourquoi ne rentre-t-il pas chez lui ? a-t-elle chuchoté.

Elle lui a souri aimablement.

– Je parie que tout le monde va partir et qu'il n'en restera qu'un : lui ! ai-je ronchonné.

Elle m'a gentiment pris la main.

– Tu veux t'échapper quelques minutes pour aller voir chez ton père ?

– Je pourrais ?

– Oui, a-t-elle dit tout bas, je vais te servir de couverture. Reviens dans vingt minutes environ. Et s'il n'est pas encore parti, alors…

– Alors nous n'aurons plus qu'à le mettre dehors nous-mêmes, avec sa chaise, ai-je suggéré.

Je me suis glissé jusqu'à la sortie et j'ai foncé dans la rue. Je ne sais pas quel est le record pour faire le trajet qui sépare le centre de loisirs de la maison de mon père, mais je ne serais pas surpris de le détenir désormais. Heureusement que je m'étais entraîné à courir avec papa, parce que je n'étais pas essoufflé – enfin, pas trop.

Claire m'attendait à la porte.

– Roger est parti ? m'a-t-elle immédiatement demandé, pleine d'espoir.

– Pas tout à fait. Je dois y retourner dans vingt minutes.

– Oh, non !

– Ne t'inquiète pas, ce problème sera bientôt réglé.

Bien plus important, comment ça se passe ici ? Je parie que maman a eu le choc de sa vie quand elle a vu papa.

—Oui, en effet, m'a répondu Claire, enthousiaste. Elle n'arrêtait pas de lui lancer des petits regards, comme si elle n'en croyait pas ses yeux.

—Parfait, excellent.

—Mais elle n'a pas dit grand-chose. Et papa non plus. Ils ont cependant été très polis l'un envers l'autre.

Nous sommes entrés dans le salon. Maman regardait par la fenêtre, elle s'est retournée brusquement.

—Enfin, le voilà, le héros du jour.

Papa est entré à son tour dans la pièce avec un plateau sur lequel étaient posés des tasses de thé et des biscuits. Je me suis senti si fier de lui ! Il portait sa chemise Ralph Lauren bleu clair, son pantalon à pinces et ses mocassins. Sans parler de sa nouvelle coupe de cheveux. Je dois l'avouer, il assurait carrément. Il a posé le plateau avant de distribuer les tasses, avec une telle délicatesse qu'on aurait dit qu'il avait fait ça toute sa vie.

Il n'y avait qu'un seul canapé dans la pièce, mon père et ma mère se sont donc assis côte à côte. Claire et moi avons été chercher deux chaises dans la cuisine.

Quand nous sommes revenus, ma mère commençait à boire son thé. Nous l'observions attentivement.

— Alors, il est comment, ce thé ? ai-je demandé.
— Il est très bon.
Après une courte pause, elle a ajouté :
— Je suis contente que le ciel se soit dégagé pour l'anniversaire de Joe, car c'était plutôt couvert jusqu'à présent, n'est-ce pas ?
— Plutôt, oui, a approuvé papa. Et il faisait bien froid pour un mois de juillet, non ?

Ils avaient visiblement du mal à engager la conversation. Tandis qu'ils parlaient, jamais leurs regards ne se croisaient. Ils regardaient droit devant eux comme des présentateurs de journal télévisé.

Et ça ne s'arrangeait pas, ils s'enlisaient. Nous devions absolument intervenir pour faire avancer les choses. J'ai lancé un regard à Claire, qui a immédiatement compris le signal.

— Ce salon est vraiment impeccablement rangé, tu ne trouves pas, maman ? a-t-elle dit.
— Oui, effectivement. Je dois reconnaître que je suis un peu surprise, a-t-elle ajouté avec un petit sourire.
— Ah oui ? ai-je dit. Tu devrais aller voir à l'étage, alors.
— Oh oui, bonne idée, a approuvé Claire. Pourquoi n'irions-nous pas jeter un œil ?
— Laisse ta mère finir son thé d'abord, a dit papa.

Mais je n'avais pas de temps à perdre.
— Prends ton thé avec toi, maman, nous allons te faire visiter la maison.
— Il n'y a rien à voir, a protesté mon père.

Claire et moi nous étions déjà précipités dans les escaliers. Alors maman n'a pas pu faire autrement que de nous suivre. Papa fermait la marche.

– Nous allons commencer par la salle de bains, ai-je suggéré, car mon père en avait particulièrement bavé ici.

Nous nous sommes entassés dans la petite pièce.

– Maman, tu remarqueras comme ces carreaux brillent. Impressionnant, non ?

– Oui, oui, a-t-elle admis. Ils brillent.

– Et ce lavabo ! s'est exclamée Claire en se penchant pour mieux voir. Regarde, il est absolument nickel, pas une trace.

Maman a regardé à son tour. Je l'ai vue qui remarquait aussi que la savonnette avait été changée.

– Maintenant, si tu veux bien admirer la baignoire. Vas-y, approche, et constate par toi-même, ai-je continué.

Maman s'est accroupie pour vérifier la baignoire. Elle était fascinée, je peux vous l'affirmer.

– Alors, qu'est-ce que tu vois ? ai-je repris. Ou plutôt, qu'est-ce que tu ne vois pas ? Aucune trace de savon, aucun cheveu, n'est-ce pas ? Ces choses que tu ne supportes absolument pas, je me trompe ?

– Eh bien, heu… a bégayé maman.

– C'est bon, vous deux, est intervenu mon père. On dirait deux agents immobiliers.

Ma mère a fini d'inspecter la baignoire et s'est relevée.

— Non, non, je dois admettre que je suis très impressionnée par cette propreté.

Et maman a regardé papa pour la première fois. Ça n'a duré qu'une fraction de seconde. Ma sœur et moi avons échangé un sourire.

— La prochaine étape de la visite sera ma chambre, ai-je annoncé. Je tiens à te signaler que papa insiste toujours pour que je garde cet endroit rangé. Il ne plaisante pas avec l'ordre.

J'ai observé maman jeter un coup d'œil autour de la pièce, son regard s'est arrêté sur mes valises déjà faites et rangées, prêtes à partir avec elle ce soir. Elle a lancé un nouveau regard à papa.

— Je constate qu'on s'est très bien occupé de toi.

— Et tu sais quoi ? me suis-je écrié. Papa fait le ménage presque tous les jours.

Il a commencé à protester :

— Je crois que tu exagères un peu.

— Tu es trop modeste, papa. Maman, vas-y, passe ton doigt sur le rebord de la fenêtre.

Elle a hésité.

— Ne les écoute pas, a fait papa en souriant.

— Allez, maman, vas-y, a insisté Claire. S'il te plaît. Elle souriait elle aussi maintenant et, un peu embarrassée, elle a passé le doigt sur le rebord de la fenêtre.

— Regarde ton doigt, ai-je ordonné. Est-ce que tu vois la moindre trace de poussière ? Qu'est-ce que tu en dis ?

Alors il s'est produit une chose étrange. Ma mère a soudain éclaté de rire. Elle a rejeté sa tête en arrière en riant vraiment de bon cœur. Elle riait si fort qu'elle a commencé à pleurer.

Elle n'a pas été la seule. Papa s'y est mis aussi, il était hilare. Ma sœur et moi assistions à la scène, un peu surpris. Qu'est-ce qu'il y avait de si drôle ? Je n'ai pas compris. Mais peu importe, ce qui comptait, c'était qu'ils riaient, et qu'ils riaient ensemble.

— Oh, Joe, tu es impayable, a dit maman en s'essuyant les yeux.

— J'ai bien peur qu'il me ressemble un peu, a ajouté gaiement papa.

— Oui, a repris maman, j'en ai bien peur.

Ils se regardaient droit dans les yeux désormais.

— Tu voudrais peut-être une autre tasse de thé ? lui a proposé mon père.

— Avec plaisir, a répondu maman qui s'essuyait toujours les yeux.

J'étais sur le point de faire remarquer que nous n'avions pas visité la chambre de papa, mais j'ai réfléchi que, finalement, c'était peut-être mieux ainsi.

Mon père et ma mère sont descendus ensemble en parlant – et plus seulement de la pluie et du beau temps.

— Tu as vu ça ? m'a chuchoté Claire. Ça a marché.

— J'ai vu. C'est magique, non ?

Tout allait pour le mieux jusqu'à ce que je regarde

ma montre. Six heures vingt. J'ai annoncé discrètement à Claire :

— Il faut que j'y retourne. Je ne serai pas long.

J'ai ouvert la fenêtre de ma chambre et j'ai crié, à personne en particulier :

— D'accord, Lee, je descends tout de suite !

Je suis allé dans le salon. Mes parents continuaient à bavarder ensemble, et l'atmosphère était si détendue que j'ai failli bondir de joie.

— Lee m'attend dehors, leur ai-je annoncé. Il m'a apporté un cadeau, mais il ne veut pas entrer.

— Et pourquoi ? m'a demandé maman.

— Il ne veut pas s'incruster dans une fête de famille. Je lui ai dit que j'allais sortir quelques instants pour le rejoindre dehors.

— D'accord, reviens vite, mon chéri, a ajouté maman. Nous n'avons pas encore coupé ton gâteau.

J'ai dévalé la rue une nouvelle fois. Mais là, mon visage était rayonnant, je ne pouvais rien y faire.

Ce sourire s'est rapidement effacé lorsque je suis entré dans le centre de loisirs. La fête était pratiquement finie mais Roger était toujours là. Il avait mis ses lunettes à monture d'écaille et s'était installé derrière la table.

— Je n'y crois pas, il est encore là, ai-je murmuré à Denise.

— J'ai un mauvais pressentiment, mon cœur, m'a-t-elle répondu. Il ne bougera pas tant qu'il n'aura pas vu ta mère.

Chapitre 22

Je me suis dirigé vers Roger, souhaitant de toutes les molécules de mon corps que j'allais le convaincre de partir. Je devais peut-être simplement lui expliquer que la fête était terminée. Mais il serait encore capable de rester, même de proposer d'aider à ranger et à nettoyer, dans l'espoir de voir maman.

Il devait pourtant partir maintenant.

Je ne l'avais pas encore rejoint lorsque Lee s'est précipité sur moi.

– Je suis vraiment désolé, mon pote, nous avons été pris dans des bouchons d'enfer…

– T'inquiète, c'est pas grave. Ton père est là aussi ?

– Oui, il gare la voiture.

– Je viens d'aller faire un tour chez mes parents. Et tu ne vas pas y croire, je les ai laissés en grande discussion autour d'un thé.

– Excellente nouvelle.

– C'était carrément étrange. Nous faisions le tour de la maison quand ils ont soudain éclaté de rire tous les deux.

– C'est toujours bon signe quand ils se mettent à rire, a remarqué Lee.

– Je pense que nous serons sortis d'affaire une fois que nous nous serons débarrassés de Roger.

– Où est-il ? Non, laisse-moi deviner.

Lee a jeté un regard circulaire dans la pièce.

– Je sais ! s'est-il écrié. Le ringard en costume assis là-bas. Je suis certain que c'est lui.

– Dans le mille.

Avant que j'aie pu ajouter quoi que ce soit, une énorme main s'est abattue sur mon épaule. J'ai levé les yeux pour découvrir l'imposante carrure du père de Lee au-dessus de moi ; il me souriait de toutes ses dents. Il a été rugbyman professionnel dans sa jeunesse et, à le voir comme ça, on se disait qu'il pourrait encore l'être. Il est immense, avec plein de taches de rousseur sur le visage et des cheveux roux.

Nous nous sommes toujours bien entendus lui et moi, et il paraissait sincèrement content de me revoir aujourd'hui. Il avait toujours sa main posée sur moi et riait très fort. J'ai alors remarqué que Roger regardait très attentivement dans notre direction, il s'est même levé pour mieux nous observer.

Finalement, le père de Lee s'est dirigé d'un pas assuré vers le buffet pour voir s'il restait une part de gâteau. Immédiatement, Roger s'est approché d'un pas distingué vers nous. J'ai donné un coup de coude discret à Lee.

– Ah, Joe, tu es là, j'avais peur que tu aies disparu.

« J'aurais espéré que, toi, tu disparaîtrais », ai-je pensé.

— Le monsieur avec qui tu parlais… je pense qu'il s'agit de ton père.

J'étais sur le point de lui répondre non, lorsque j'ai remarqué l'air inquiet de Roger. Alors mon cerveau a immédiatement saisi l'opportunité et j'ai dit :

— Oui, c'est exact. C'est mon père.

Le visage de Lee s'est décomposé sous le choc.

— Et quand je lui ai dit que vous étiez là, il n'était pas vraiment content.

— Ah oui ? a émis Roger d'une voix chevrotante, en tournant son regard vers les larges épaules du père de Lee.

— Pour dire la vérité, il était même furieux, il ne comprenait pas que vous ayez osé venir ici.

Lee a rapidement compris ce que j'étais en train de faire et s'est joint à moi :

— Et il n'est jamais conseillé de contrarier ton père, Joe. Il n'est pas d'un naturel très patient, n'est-ce pas ?

— Mais je l'ai rarement vu dans un état pareil, ai-je insisté.

Le nez de Roger s'agitait comme celui d'un lapin.

— Attention, je crois qu'il revient ! s'est inquiétée Lee. Oui, le voilà.

— Bien, à la lumière de ces informations, je crois qu'il serait peut-être plus sage pour moi de partir, a annoncé Roger d'une toute petite voix.

— Je crois, en effet, ai-je ajouté, en essayant de ne

pas laisser paraître la joie qui montait en moi. Merci pour les stylos et… vous connaissez la sortie, non ?

– Oui, oui… alors, au revoir, et tu diras bien à ta mère que je suis passé, hein ?

En un éclair, Roger avait disparu. Nous nous étions enfin débarrassés de lui.

Je n'ai pas pu parler à Lee, son père était maintenant à côté de nous avec deux assiettes de gâteau.

– Mmm, il est délicieux, a-t-il fait. Goûte, Lee.

– Je suis content que vous l'aimiez, ai-je dit. Je…

Mais ma voix s'est soudain brisée parce que je venais de découvrir une chose vraiment horrible : Roger était de retour.

Il se dirigeait droit sur nous. Nous avons échangé un regard avec Lee. Que pouvions-nous faire ? Rien, nous n'avions plus le temps de réagir. Dans la seconde qui a suivi, Roger avait rejoint le père de Lee et lui disait, sans oser le regarder droit dans les yeux :

– Je voulais simplement que vous sachiez que je ne suis pas venu ici pour créer des problèmes.

Le père de Lee avait l'air complètement perdu, et qui ne l'aurait pas été ?

– Mais qui êtes-vous ? s'est-il écrié, en postillonnant généreusement sur Roger.

– Je suis…

Roger a dégluti plusieurs fois.

– Je suis un ami de votre femme et…

– Ah oui, l'a interrompu le père de Lee. Je sais parfaitement qui vous êtes.

– C'est vrai ?
– Mon fils m'a souvent parlé de vous.
– Ah, bien, a murmuré Roger.

Les deux hommes se sont dévisagés. Ils paraissaient tous les deux soudain très embarrassés, pendant que Lee et moi nous demandions avec angoisse comment tout ça allait bien pouvoir finir.

– Je pensais qu'il était important que l'on se rencontre, a repris Roger. Et je voulais vous expliquer que…

– Il n'y a rien à expliquer. Ma femme est libre de faire ce qu'elle veut.

– Vraiment ! s'est exclamé Roger.

– Eh bien, ce serait un peu hypocrite de ma part si je disais le contraire. Vous savez, j'ai moi-même une amie. Elle s'appelle Flora, c'est sérieux entre nous, alors. Je suis surpris que ma femme ne vous en ait pas parlé.

– Bien, parfait, les ai-je interrompus, c'est une bonne chose que vous vous soyez rencontrés.

– Et que vous soyez d'accord sur tout, a ajouté Lee.

– Si vous traitez mon fils correctement, il n'y aura pas de problème entre nous, a repris le père de Lee en tendant son énorme main vers Roger.

Ils se sont salués. Roger n'a pu retenir une légère grimace. Le père de Lee avait une poigne de fer. Il s'est ensuite tourné vers moi et m'a lancé :

– Je sais que ta mère est coincée dans les embouteillages, mais je ne vois pas ton père. Où est-il ?

Mon cœur a fait un triple saut périlleux, je vous jure. Mais aussi incroyable que cela puisse être, Roger n'a pas réagi. Je l'observais, il semblait flotter sur un petit nuage. La nouvelle de la « petite amie de mon père » l'avait plongé dans une espèce de transe.

— Si, si, mon père est dans le coin, ai-je alors murmuré au père de Lee.

— Bien, je le verrai peut-être plus tard. Pour le moment, je vais essayer de trouver une autre part de cet excellent gâteau.

Il s'est éloigné et j'ai glissé à Lee :

— Merci mille fois, mon pote.

— Pas de problème, préviens-moi simplement à l'avance la prochaine fois que tu comptes emprunter mon père, a-t-il répondu en souriant.

Il a passé le dos de sa main sur son front comme pour signifier que nous l'avions échappé belle. Ce qui était le cas.

Roger restait là sans bouger, la tête encore dans les nuages. Il était grand temps de le faire déguerpir une bonne fois pour toutes, avant qu'autre chose arrive.

— Je vous montre la sortie ? ai-je proposé, de ma voix la plus polie.

— Oh, comme c'est gentil à toi, a répondu Roger.

La gentillesse n'avait rien à voir là-dedans, je voulais simplement qu'il disparaisse au plus vite.

Sur le chemin, j'ai croisé Denise.

— Dès qu'il est parti, la fête est finie, lui ai-je glissé discrètement.

Elle a approuvé d'un signe de tête en ajoutant :
— File vite chez toi, je m'occuperai de ranger.
— Vous êtes sûre ?
— Oui, ça ne me prendra pas longtemps. Comment ça se passe là-bas ?
— Le mieux du monde.

Elle a levé les pouces en l'air et j'ai suivi Roger jusqu'à la sortie.

Évidemment, ce petit malentendu entre le père de Lee et lui ne serait pas sans conséquence pour la suite. Mais d'ici là papa et maman seraient de nouveau ensemble. Ils s'émerveilleraient de mon ingéniosité et de celle de Claire. J'étais en train d'imaginer cette scène heureuse lorsque j'ai entendu une voix familière appeler mon nom. Et le nom de Roger également.

J'ai tout d'abord pensé à une hallucination consécutive au stress. Ça ne pouvait pas être ma mère qui se dirigeait vers moi d'un pas décidé. J'allais me frotter les yeux et elle allait disparaître.

Ce que j'ai fait, pour vérifier, mais j'ai pu constater qu'elle n'avait pas disparu. Au lieu de ça, elle approchait de plus en plus.

Claire m'a ensuite expliqué le déroulement des événements. Ma mère s'était impatientée en ne me voyant pas revenir. Elle trouvait complètement stupide que Lee reste dehors. Il faisait presque partie de la famille de toute manière. Alors elle était sortie pour l'inviter à partager le gâteau. Ma sœur culpabilisait de n'avoir pas réussi à la retenir. Mais il n'y aurait rien eu à faire. Quand maman a décidé de faire quelque chose, rien ne l'arrête.

Claire avait suivi maman dehors et, comme elles ne me voyaient nulle part, elle avait essayé de persuader ma mère de rentrer. Mais celle-ci continuait à chercher dans la rue et a repéré autre chose.

– Mais c'est la voiture de Roger ! s'était-elle exclamée.

Pour ne rien arranger, ma mère avait décidé de venir voir de plus près, juste au moment où Roger et moi quittions la fête. Roger s'était retrouvé face à face avec elle.

– Ah, tu as quand même réussi à venir ! Ce devait être un terrible embouteillage, non ?

Ma mère l'avait regardé avec de grands yeux, stupéfaite.

– Quoi… ?

– Peu importe, je ne veux pas te retenir plus longtemps, avait repris Roger. Tu ne veux certainement pas manquer les derniers instants de l'anniversaire de ton fils.

Puis il s'était penché vers elle et avait ajouté sur le ton de la confidence :

– Sache que ton mari est là.

Ma mère n'aurait pas paru plus surprise si Roger s'était mis à lui parler en grec. Elle s'était tournée vers moi…

J'ai essayé de lui servir mon sourire le plus rassurant.

—Tu dis que mon mari est là ? s'est-elle écriée.

—Oui, je peux t'assurer qu'il est là, mais ne t'inquiète pas, nous avons eu une conversation très courtoise, il m'a tout raconté au sujet de Flora…

—Flora ? s'est étranglée maman.

Roger s'est décomposé.

—Je suis désolé, j'ai été très indélicat, a-t-il commencé à s'excuser. Écoute, je t'appelle demain si tu veux bien. Je dois y aller.

Il a sauté dans sa voiture et démarré précipitamment.

Ma sœur et moi avons également essayé de nous éclipser rapidement. Mais maman ne nous a pas laissé cette chance.

—Vous deux ! a-t-elle crié. Seriez-vous assez aimables pour m'expliquer ce que tout cela signifie ?

—Qu'est-ce que tu veux dire ? ai-je demandé, l'air innocent, comme si je ne comprenais pas plus qu'elle ce qu'il se passait.

—Ce que je veux dire, a-t-elle repris, c'est pourquoi tu as organisé une fête d'anniversaire au centre de loisirs ? Qu'est-ce que Roger faisait ici ? Et pourquoi s'imagine-t-il avoir parlé à ton père ? Et, oh oui… qui est Flora ?

Il y a eu, comme vous pouvez l'imaginer, quelques instants de flottement. Puis j'ai pris une profonde inspiration et je lui ai demandé :

—Alors, maman, à quelle question voudrais-tu que je réponde en premier ?

Chapitre 23

La demi-heure qui a suivi a été plutôt horrible. Nous étions tous les quatre dans le salon. Papa ne parlait pas beaucoup, maman si. Elle était plus furieuse qu'un troupeau d'hyènes enragées.

— Laissez-moi résumer la situation, a-t-elle commencé, ses yeux bleus lançant des éclairs. Parce que j'ai un peu de mal à suivre.

Elle s'est interrompue pour me jeter un regard particulièrement mauvais. Claire, sagement, avait choisi de baisser la tête pour examiner ses pieds.

— Vous ne vouliez pas que Roger apporte ton cadeau d'anniversaire ici, alors vous avez imaginé cette farce pour lui ?

— Ça n'était pas une farce, ai-je dit.

— Alors c'était quoi au juste ? a demandé maman.

— C'était simplement… qu'on ne voulait pas le voir traîner chez papa, alors on lui a organisé une autre fête ailleurs.

— Mais pourquoi ? Qu'est-ce qu'a bien pu faire ce pauvre homme pour vous inspirer tant de haine ?

— Nous ne le détestons pas vraiment, ai-je dit. Nous ne voulions pas qu'il soit là aujourd'hui, c'est tout.

— Oh, pour l'amour de Dieu, a soupiré maman. Imagine que je me comporte ainsi chaque fois qu'un de tes amis vient à la maison. Bon, il va falloir que tu t'excuses auprès de lui maintenant.

— D'accord, pas de problème. Mais il s'est bien amusé, tu sais. C'est pour ça que j'ai dû inventer l'histoire avec le père de Lee… C'est le seul moyen que j'ai trouvé pour le faire partir.

— Là n'est pas la question, a tranché maman.

— Mais si. Tu es là comme si nous avions enlevé quelqu'un de force, que nous l'avions torturé sans relâche… alors qu'il a participé à une fête, c'est tout !

— Je dois dire, est intervenu papa, s'immisçant dans la conversation pour la première fois, que je suis un peu perplexe. Je n'ai jamais rencontré Roger, je n'avais même jamais entendu parler de son existence avant ce soir.

Il a laissé échapper un drôle de rire, le genre qu'on lâche lorsqu'on n'est pas vraiment amusé. Maman l'a regardé en fronçant les sourcils. Il s'est ensuite tourné vers moi.

— Vous avez dû passer des heures à préparer cette fausse fête.

— Ça nous a pris du temps, oui, ai-je marmonné.

— Et aucun adulte ne vous a aidés, pour réserver la salle ou pour préparer la nourriture ? a demandé maman.

– Pas particulièrement.

Je trouvais qu'il était préférable de laisser Denise en dehors de tout ça.

– C'était notre idée.

– Eh bien, c'était beaucoup d'énergie dépensée bêtement et inutilement, a estimé maman. Pourquoi ne pas être venus me voir directement pour me dire que vous ne vouliez pas que Roger vienne ?

J'ai hésité. En effet, comment répondre à une question pareille sans paraître insolent ? Mais papa s'est chargé de répondre pour moi :

– Ils ont peut-être senti que ce n'était pas le genre de chose qu'ils pouvaient te demander.

Il avait tapé dans le mille. Maman s'est raidie, puis elle a dit d'une voix très sèche :

– Merci, vraiment, je peux toujours compter sur toi pour me soutenir, c'est agréable.

– J'étais simplement en train de faire remarquer… a repris papa.

– Je sais exactement ce que tu es en train de faire, l'a interrompu maman.

Elle parlait de plus en plus doucement.

– Tu essaies toujours de retourner les enfants contre moi, tu es toujours si drôle et si sympa. Mais c'est trop facile d'adopter cette attitude quand on laisse l'autre assumer toutes les responsabilités.

– C'est n'importe quoi, a répliqué papa, encore plus doucement qu'elle. Et je te serais reconnaissant de ne pas me faire de réflexions désagréables devant les enfants. En fait, tu sais exactement ce que je voulais dire…

Ils se lançaient des regards mauvais. Une dispute sanglante allait éclater d'une seconde à l'autre. Ils allaient certainement se retirer dans la cuisine pour s'étriper bien proprement.

Je n'arrivais pas à croire à quelle vitesse ils avaient repris leurs mauvaises habitudes. Tout allait pourtant si bien ! J'étais tellement en colère contre eux que j'étais sur le point de dire quelque chose, lorsque Claire a soudainement relevé la tête pour hurler :

– Vous étiez très gentils l'un avec l'autre il y a quelques instants, mais vous voilà redevenus comme avant, vous me rendez malade.

Elle s'est levée telle une furie et s'est précipitée dans le couloir. J'ai cru qu'elle allait monter à l'étage mais, au lieu de ça, elle s'est retournée et a crié :

– Vous savez ce qu'on a enduré ces derniers mois, Joe et moi ? Vous vous rendez compte ?

Je crois que mon père et ma mère étaient trop sonnés pour répondre.

– Tout d'abord, nous nous sommes sentis tellement coupables, comme si c'était notre faute si vous vous étiez séparés.

Ma mère a essayé de l'interrompre, mais Claire a continué sur sa lancée :

– C'était horrible de vous voir toujours séparément, de nous sentir constamment coupés en deux, mais c'était bien pire quand vous avez commencé à ne plus vous parler du tout. Vous vous rendez compte comme c'est puéril ? Pour vous dire la vérité, je trouve que vous vous comportez comme deux sales gamins !

Elle a tendu son doigt vers papa et maman.

— Je n'arrive pas à croire que vous soyez restés des mois sans vous parler ! Maman, si jamais je mentionne le nom de papa, alors tu deviens toute bizarre. Et si jamais je t'apprends qu'il m'a acheté quelque chose, alors ça te met de mauvaise humeur pour des heures. Et toi, papa, si je prononce le mot « maman », alors tu me fixes droit dans les yeux en faisant comme si tu n'avais rien entendu. Et puis tu changes de sujet. C'est tellement...

Elle a tremblé de tout son corps avant de lâcher :

— ... pathétique !

Elle avait hurlé ce dernier mot.

— Mais, Claire... a commencé maman.

— Je n'ai pas fini ! a explosé ma sœur. Papa, tu as purement et simplement disparu de nos vies. Tu ne venais plus nous voir, tu ne faisais même pas l'effort de demander de nos nouvelles. Au départ, je t'ai trouvé des excuses. J'ai pensé que tu devais être très occupé. Mais les semaines passaient et j'entendais les autres à l'école dire : « Mon père a fait ci, mon père a fait ça. » Et moi, je ne savais même plus ce que mon père faisait.

Ses lèvres tremblaient d'émotion.

— Joe a finalement dû aller te voir au magasin. Nous savions que quelque chose n'allait pas. Et nous avions tellement envie de t'aider ! Mais maman ne supportait même plus qu'on évoque ton existence. Nous avons donc décidé de prendre les choses en main. De toute manière, maman était trop occupée à inviter à la maison ce type bizarre que nous ne connaissions pas. Ce type qui a cru qu'il allait pouvoir nous mettre dans sa poche en nous donnant de l'argent et en nous offrant des cadeaux. Mais il n'en a rien à faire de nous. Et non, maman, ce n'est pas la même chose que d'inviter une copine ou un copain à la maison. Parce que lui pourrait rester vivre avec nous pour toujours.

– Oh, non ! a protesté maman.

– Oh si, il pourrait même commencer à nous donner des ordres et nous ne pourrions rien y faire. Nous n'avons pas notre mot à dire à ce sujet. Malgré tout, nous voulions tout faire pour vous retrouver tous les deux ensemble, comme avant. Et nous avons peut-être été amenés à faire des choses en cachette, mais c'était le seul moyen d'agir pour nous, et nous n'avons pas ménagé nos efforts, et nous avons espéré si fort. Et voilà que vous recommencez à vous disputer. Et je ne sais même pas pourquoi, parce qu'aucun de vous n'est capable d'avancer un argument raisonnable ou d'écouter ce que dit l'autre, vous êtes simplement là à… oh, et puis j'en ai marre de vous, je laisse tomber.

Le visage de Claire était baigné de larmes et ses genoux flageolaient.

— Écoute, mon ange, a dit maman en se rapprochant d'elle.

— Non, va-t'en ! s'est écriée ma sœur, furieuse, essuyant ses larmes d'un revers de manche.

Puis elle a fixé son regard sur moi.

Je me suis immédiatement collé à elle, j'ai passé mon bras autour de son cou. Je le sentais trembler.

— Je voudrais simplement ajouter que Claire a parfaitement résumé la situation, elle a mis les points sur les « i », comme on dit. Je pense exactement comme elle. Je suis d'accord avec chaque mot qu'elle a prononcé.

Maman nous regardait, stupéfaite. Elle était d'une pâleur inquiétante et mon père semblait totalement brisé. Claire s'est alors mouchée bruyamment. Je n'ai pas bougé, j'ai gardé mon bras vigoureusement serré autour d'elle. Combien de frères auraient été capables de faire ça ?

— Merci de nous avoir fait savoir avec franchise ce que vous ressentez, a finalement dit ma mère, d'une petite voix tremblante qui ne lui ressemblait pas du tout. C'est important que nous comprenions, et nous n'avions pas pris conscience de… de…

Maman n'a pas pu finir sa phrase, elle a simplement ajouté :

— Je suis vraiment désolée, pardon, pardon, a-t-elle murmuré.

Papa s'est relevé lentement.

— Vous nous avez donné beaucoup à réfléchir, et je

vous promets que nous allons en tirer les leçons. Mais, pour commencer, je me demande si le mieux ne serait pas que…

Il a hésité, comme si les mots qui lui venaient n'étaient pas des mots qu'il avait l'habitude d'employer.

– … que j'aille faire un petit tour dans la cuisine pour vérifier la cuisson de mon gigot et de mes haricots. J'ai aussi préparé une salade d'avocats et des carottes râpées. Ça vous tente ?

Chapitre 24

Maman s'est contentée de dévisager papa, incapable de prononcer la moindre parole. Quand il a disparu dans la cuisine, elle a demandé discrètement :
— Votre père a bien dit qu'il nous avait préparé à manger ?
— C'est exact, ai-je confirmé, il voulait te faire une surprise.
— Pour une surprise, c'est une surprise, a-t-elle avoué.
— Il me fait la cuisine tous les soirs, maintenant, ai-je expliqué.
— Pour moi aussi quand je viens le dimanche, a ajouté Claire.

Ma mère ne pouvait s'empêcher de secouer la tête ; elle n'aurait pas été plus stupéfaite si elle avait fait la rencontre d'un extraterrestre.
— Vous savez, après toutes ces années de mariage, je le croyais à peine capable d'ouvrir une boîte de conserve.

Elle a écouté papa s'affairer dans la cuisine. Elle continuait de hocher la tête, complètement abasourdie.

— Je ferais mieux d'aller voir s'il a besoin d'un coup de main, a-t-elle finalement dit.

Elle s'est levée.

J'ai attendu qu'elle soit partie et je me suis tourné vers Claire.

— Alors, qu'est-ce que tu en dis ? Papa à la cuisine, c'était la bonne pioche.

Nous avons entendu mon père et ma mère discuter tranquillement.

— C'est quand même plus agréable, non ? ai-je ajouté.

Je l'ai regardée droit dans les yeux.

— Et c'est en grande partie à toi que nous le devons. Tu leur as carrément remis les pieds sur terre.

— J'ai vraiment fait ça ? m'a-t-elle demandé d'une voix tremblante.

— Et comment !

— Je n'arrive pas à y croire.

— J'étais sous le choc, moi aussi. Mais tu as été super, tu les as bien secoués.

Elle m'a regardé d'un air angoissé.

— Je n'y suis pas allée trop fort ?

— Non, il fallait que ça sorte. Et puis, de toute manière, ça leur a fait du bien.

— Je n'aurais jamais cru être capable de dire la moitié de ce que j'ai dit, a continué Claire. Mais quand ils ont recommencé à se disputer, ça m'a vraiment rendue folle et tout est sorti d'un coup.

Elle s'est approchée de mon oreille.

— Ils ont beaucoup de choses à se dire, apparemment.

— Oui, nous sommes peut-être sur la voie de la grande réconciliation, enfin.

— Je crois, oui, a chuchoté Claire. J'ai comme un pressentiment, pas toi ?

Bizarrement, j'avais le même.

Papa s'est alors planté à l'entrée de la pièce.

— Mesdames et messieurs, le dîner est servi, a-t-il annoncé.

Il portait une immense toque blanche sur la tête, comme le chef d'un grand restaurant.

— Tu as trouvé ça où ? lui ai-je demandé.

— Oh, seuls les grands cuisiniers sont autorisés à en porter de pareilles, tu sais. Cela vous prouve que vous êtes en présence d'un génie des fourneaux.

Maman était déjà assise à la table de la cuisine, riant des bouffonneries de papa, comme avant. Tout ça était de plus en plus encourageant.

J'ai remarqué comment papa prenait plaisir à nous regarder manger. Surtout maman. Il ne la quittait pas des yeux. Et quand elle a commencé à lui faire des compliments sur son menu (qui, je dois l'avouer, était parfait, tout était cuit à point), il a affiché un grand sourire.

À la fin du repas, maman a dit :

—Votre père et moi avons eu une longue discussion.
—Il était temps, ai-je lancé.
—Oui, c'est vrai, a avoué maman. Il m'a appris qu'il avait perdu son emploi.
—Mais j'ai un entretien avec l'ami d'un ami la semaine prochaine, a-t-il immédiatement ajouté. Et j'ai l'impression que ça se présente plutôt bien.
Maman lui a souri, puis a repris :
—Et il m'a aussi expliqué comment vous l'avez aidé à traverser cette période difficile. Je me sens coupable de ne pas avoir cherché à savoir, et de n'avoir rien fait.
—Nous nous demandions si nous devions t'en parler, ai-je murmuré.
—Vous auriez dû. Mais j'aurais pu m'en douter moi-même de toute manière. Claire, tu as parfaitement raison, c'était idiot et infantile de ne pas se parler. Et vous n'aviez pas à prendre parti pour l'un ou pour l'autre. Nous sommes tous les deux vos parents, et nous voulons que vous sachiez que, quoi qu'il arrive, une chose ne changera jamais : nous vous aimons.
—En d'autres termes, vous n'allez pas vous débarrasser de nous comme ça, a ajouté papa.
—Il y a autre chose que j'aimerais mettre au point, a repris maman.
Elle a marqué un temps d'hésitation.
—À propos de Roger.
Elle a dû remarquer comment Claire et moi nous

nous sommes immédiatement crispés, parce qu'elle a tout de suite adopté une attitude défensive :

– Roger m'a beaucoup aidée et m'a donné la chance de faire mes preuves. Et je pense être autorisée à inviter des amis à la maison de temps en temps, et en droit d'attendre qu'ils soient traités avec respect et courtoisie.

Elle s'est interrompue, s'attendant visiblement à ce que nous réagissions, Claire et moi. Mais nous sommes tous les deux restés muets et le visage fermé.

– Roger est quelqu'un de gentil, de seul aussi, je crois. Et je pense qu'il m'apprécie beaucoup.

– Nous avons remarqué, ai-je murmuré.

Elle s'est tournée vers mon père, comme pour chercher un allié.

– Les enfants savent qu'il m'a envoyé des roses un jour, des roses en plastique d'ailleurs.

Claire m'a donné un coup de pied sous la table, je n'ai pas osé la regarder de crainte d'éclater de rire.

– Mais pour vous dire la vérité... a continué maman avant de marquer un temps d'arrêt. J'ai vraiment l'impression d'être dans une salle d'interrogatoire.

Ma sœur et moi la dévorions des yeux.

– La vérité est que Roger n'a jamais été qu'un ami.

– Ouf ! s'est exclamée Claire.

– Double ouf, ai-je ajouté.

Si Roger n'était qu'un ami, alors il n'y avait plus de raison pour que...

— Nous avons autre chose à vous dire, a repris ma mère qui regardait maintenant en direction de mon père.

On y était, c'était bon. Nous attendions ce moment depuis si longtemps, nous avions travaillé si dur durant toutes ces semaines. Nous allions enfin être récompensés de nos efforts, maman allait nous annoncer que…

— Votre père et moi avons décidé de rester en contact régulièrement à partir de maintenant.

Non, ce n'était pas ce que nous voulions entendre ! C'était un bon début, mais… Mais qu'en était-il du reste, des choses vraiment importantes ? Nous avions toujours les yeux rivés sur maman. Elle avait parfaitement compris ce que nous voulions entendre, avec nos yeux implorants, alors elle a baissé la tête. Ses joues se sont teintées de rose et elle a ajouté d'une petite voix :

— Nous n'étions plus heureux de vivre ensemble sous le même toit, pas assez heureux pour être les parents que vous méritez d'avoir. Nous avions tous les deux besoin de cette séparation, n'est-ce pas ?

Elle s'est tournée vers papa pour qu'il confirme.

— Oui, c'est exact, a-t-il dit.

— Et nous avons encore besoin de temps pour régler certains problèmes, a repris maman, avec soudain beaucoup plus d'assurance. Vous devez vraiment nous laisser régler ça ensemble désormais.

— Je le pense aussi, a ajouté papa. En une soirée,

nous avons parlé plus que nous ne l'avions fait durant des mois et des mois.

— Si ce n'est des années, a dit maman avec un petit sourire en coin.

Puis elle a murmuré, presque comme une excuse :

— Nous voulons continuer à vivre chacun de notre côté, essayez de comprendre ça, s'il vous plaît.

Un silence a suivi. Un très long silence brisé par papa :

— Maintenant que tout ça est réglé, si on passait au gâteau d'anniversaire ?

J'ai regardé autour de moi. Toutes les couleurs joyeuses de la pièce semblaient avoir été aspirées, le monde était couvert du voile gris de la déception. Le gâteau n'avait aucun goût. Ni rien du tout d'ailleurs.

J'avais vraiment cru que papa allait rentrer à la maison avec nous. Tous les problèmes me semblaient réglés. Qu'est-ce qui les retenait encore ? Papa faisait la cuisine, le ménage et il avait perdu du poids, qu'est-ce qui pouvait bien rester à régler ? Je ne comprenais pas !

J'ai ouvert mes cadeaux sans vraiment y faire attention, puis papa a descendu mes valises en bas de l'escalier, il était l'heure de partir. Il a serré Claire dans ses bras et s'est tourné vers moi.

— Je vais respecter ton tableau pour le ménage, et je te promets de faire la cuisine tous les soirs.

— J'espère bien, ai-je répondu. Interdiction absolue de se faire livrer à domicile. Si jamais tu as besoin d'un conseil, demande à Denise, à l'épicerie. Va la voir de toute manière, c'est une perle rare. Dis-lui que je pense fort à elle et que je lui donnerai des nouvelles.

— D'accord.

— Et sois très prudent avec ta moto, surtout la nuit.

J'avais dit ça en chuchotant, parce que je ne savais pas si ma mère était au courant.

— Je vais la vendre bientôt de toute manière, m'a confié papa. Je crois que j'aborde une nouvelle étape de ma vie. Et ces dernières semaines… je ne les oublierai jamais.

Il a serré fermement ses longs doigts autour de ma main avant d'ajouter :

— Reviens vite.

Il a ensuite porté mes bagages dans la voiture de maman, qui l'a accompagné, ils ont parlé ensemble tout le long du chemin.

Claire et moi sommes restés sur le pas de la porte à les regarder.

— Je pense qu'ils vont vraiment finir par… a-t-elle commencé.

— Je le pense aussi.

Nous étions là, silencieux, lorsque je me suis soudain rappelé ce que m'avait dit Denise, un jour qu'elle était venue à la maison : « Souviens-toi d'une chose, Joe : les adultes ne réagissent pas toujours aussi vite que vous l'aimeriez. Parfois, ils sont un peu lents, ils compliquent les choses… Mais en général, à la fin, ils sont toujours là où on les attend. »

J'ai répété ça à Claire.

— Je crois, ai-je ajouté, que nous étions un peu optimistes de croire que tout allait s'arranger en une soirée. Les adultes ne sont effectivement pas faits pour réagir si vite. Mais regarde les progrès accomplis, grâce à nous. Ils n'arrêtent pas de parler ensemble. Et maintenant ils rigolent…

— Et ils ne se disputent plus, m'a interrompu Claire.

— Exact, j'ai vraiment l'impression qu'ils se retrouvent. Et tu as vu la tête de maman quand elle mangeait le gigot aux haricots cuisiné par papa ? Elle était en train de penser : « Jamais je n'aurais pu préparer quelque chose d'aussi bon moi-même. » Je te promets, nous avons franchi un grand pas aujourd'hui.

— Oui, je crois que tu as raison. Mais maman a dit que nous devions arrêter de nous mêler de ça.

— Et tu comptes lui obéir ? me suis-je étonné.

Avant même qu'elle ait pu me répondre, maman nous a fait signe de monter dans la voiture. Et Claire n'avait pas besoin de me répondre. L'étincelle qui brillait dans ses yeux me disait tout ce que je voulais savoir.

La vérité était que nous n'allions pas laisser tomber tant que papa et maman ne seraient pas de nouveau ensemble. C'était la chose que nous désirions le plus au monde.

Certes, nous allions devoir nous montrer encore plus malins, et préparer notre prochain plan avec beaucoup de soin. Et nous allions nous y mettre sans tarder. Aucun doute là-dessus.

Je tenais juste à vous dire une dernière chose : papa et maman n'avaient encore rien vu.

Attendez un peu…

Pete Johnson
L'auteur

Pete Johnson est anglais. Auteur de plusieurs livres pour la jeunesse et récompensé à de nombreuses reprises, il a également été critique de cinéma à la radio, ce qui lui a permis de rencontrer beaucoup d'acteurs et de réalisateurs. Son livre préféré lorsqu'il était enfant était le roman de Dodie Smith, *Les 101 Dalmatiens*. Il a d'ailleurs écrit à l'auteur qui a été la première à l'encourager à créer ses propres histoires. Dans la collection Folio Junior, il a publié *Comment éduquer ses parents…* et *Croyez-moi, je suis un rebelle*.

Découvre les autres romans
de **Pete Johnson**
───────────
dans la collection

COMMENT ÉDUQUER SES PARENTS…
n° 1323

Je m'appelle Louis. Je ne suis pas ce qu'on appelle un enfant difficile, mais je ne suis pas non plus du genre à me tuer au travail, à rester des heures devant un exercice de maths. Enfin, vous voyez ce que je veux dire… Moi, j'aime bien rigoler, je voudrais d'ailleurs devenir comique plus tard. Tout allait bien dans ma vie, jusqu'au jour où mes parents ont décidé de faire de moi un enfant modèle. Alors là, j'ai carrément dû prendre les choses en main !

CROYEZ-MOI, JE SUIS UN REBELLE
n° 1460

On s'est encore moqué de moi aujourd'hui, tout ça parce que j'ai rappelé à la prof que c'était le jour des devoirs. Je n'y peux rien si je suis en avance pour mon âge ! Ce n'est pas comme Miranda Jones, toujours à semer la pagaille au collège. D'ailleurs, elle a décidé de faire de moi un vrai rebelle. Si seulement ça pouvait m'aider à me débarrasser de l'insupportable petite amie de papa !

Mise en pages : Chita Lévy

Loi n° 49-956 du 16 juillet 1949
sur les publications destinées à la jeunesse
ISBN : 978-2-07-062229-0
Numéro d'édition : 161304
Numéro d'impression : 91912
Premier dépôt légal dans la même collection : mai 2006
Dépôt légal : octobre 2008

Imprimé en France sur les presses de CPI Firmin-Didot